米駆逐艦セルフリッジ(左)とオバノン。昭和18年10月6日、第二次ベララベラ海戦直後の写真。セルフリッジは日本駆逐隊の放った魚雷をうけて大破、艦橋の前には、かたむいた5インチ連装砲が見える。オバノンは同海戦で沈没した米駆逐艦シュバリエとの衝突で損傷し、戦闘不能に陥った。

(上)レンドバ島に向かう米軍の攻略部隊。部隊の輸送作戦においては、ＬＳＴをはじめとする多数の上陸用艦艇が参加した。(下)昭和18年7月、コロンバンガラ島沖夜戦で大破した米軽巡洋艦ホノルル。

NF文庫
ノンフィクション

新装版

ソロモン海「セ」号作戦

コロンバンガラ島奇蹟の撤収

種子島洋二

潮書房光人新社

はじめに

昭和十八年九月、私は南太平洋のソロモン諸島のコロンバンガラ島で敢行された機動舟艇部隊による「セ」号作戦に参加した。

そのときコロンバンガラ島では、わが陸海軍部隊一万二〇〇〇名が、アメリカ上陸軍の重圧下で玉砕寸前まで追いこまれていた。付近海面は多数の敵艦艇に包囲され、いわば蟻の這いでるスキもない状態であった。その中を、一隻の護衛艦艇もない無防備にちかい大発艇一〇〇隻で往復し、全員を二〇〇キロ離れたわが主要拠点ブーゲンビル島に撤収させる、というのが「セ」号作戦である。

「如何(イカ)ナル敵ニ会スルモコレヲ穿貫(センカン)突破シ断乎(ダンコ)所命ノ地点ニ猛進スベシ」という悲壮な作戦命令であった。すでに各島嶼(とうしょ)における数々の玉砕の前例を知っていただけに、コロンバンガラ島の味方部隊は、なんとしてでも救出しなければならぬ、という悲痛厳粛な決意が、芳村正義陸軍少将を指揮官とする機動舟艇部隊全員にみなぎっていた。

そして、この「セ」号作戦は、太平洋戦争中ただ一度の敵中突破に成功した例であり、いわば玉砕返上という貴重な成果をおさめたのであるが、しかしそのときの体験とともに、ひろく太平洋戦争全般にわたる主要作戦の経過をかえりみると、このまま黙してすごすことのできぬ問題が、あまりにも多いのである。

たとえば、ニューギニアや太平洋の島々の最前線の将兵が、玉砕を前にして、弾薬も食糧もないと悲痛な叫びをあげていた心が、はたして中央の人々に通じたのであろうか。また拙劣な作戦を拙劣ともおもわずに、多くの将兵を捨て石のごとく南溟(なんめい)の涯にくちさせたのは、中央と第一線将兵とのあいだに、脈々として心の通うものがなかったせいではなかろうか。

これらの具体的なことは、本文で詳述するが、われわれは、たとえ心底から今次大戦に懲(こ)りたとしても、ただ心でそれを思うだけでは、ふたたび戦争に巻きこまれる心配はない、ということにはならないであろう。

それよりも、一歩進んで、この戦争がなぜあのような悲惨な敗北におわったかを、物の面よりも精神の面で掘りさげて考えることは、われわれの精神の強化に役立つものと、私は考えている。

戦争指導層部の思考の動向をさぐりながら、敗戦の真因を、戦いの大きな流れのなかに浮沈した将兵たちの目がとらえ、肌で感じたものをとおして突きとめ、あわせて、南溟の涯に散華(さんげ)した幾多の御霊(みたま)に鎮魂の祈りをささげたいと念じて、拙い筆をすすめる次第である。

大方のご批判を乞いたい。

昭和五十年二月

種子島洋二

昭和18年８月６日、ベラ湾海戦で
砲撃中の米駆逐艦スターレット。
右は、コロンバンガラ島の残留将
兵１万2000名救出の重責を担った
著者、種子島洋二氏(大尉時代)。

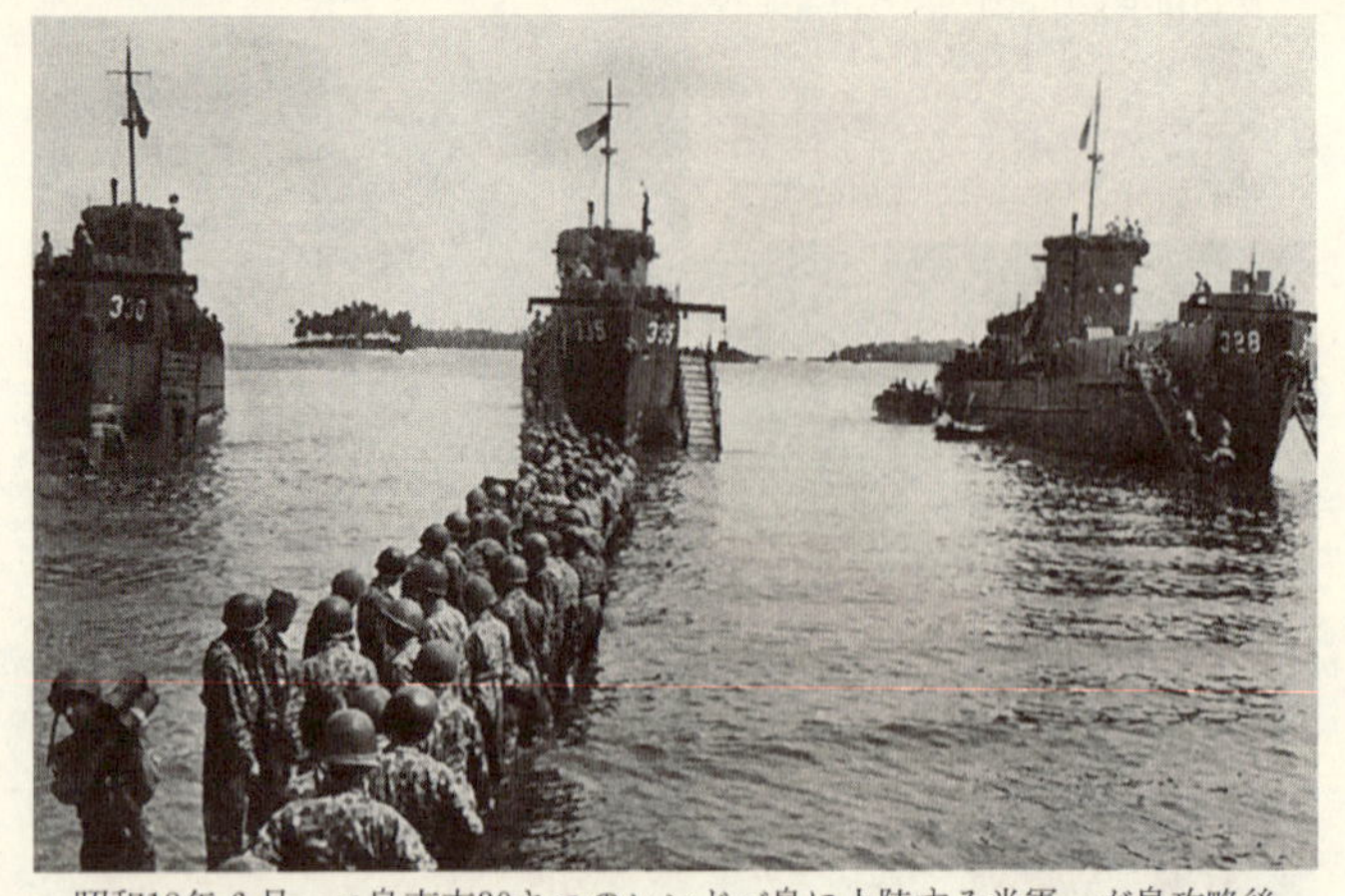

昭和18年6月、コ島南方30キロのレンドバ島に上陸する米軍。ガ島攻略後の米軍は、制海制空権を掌中にし、日本軍を猛追撃して北上を開始した。

撤収作戦の主役となった大発(大発動艇)。全長15メートル。幅3メートル、武装兵80名を載せて、8ノットで航行する。

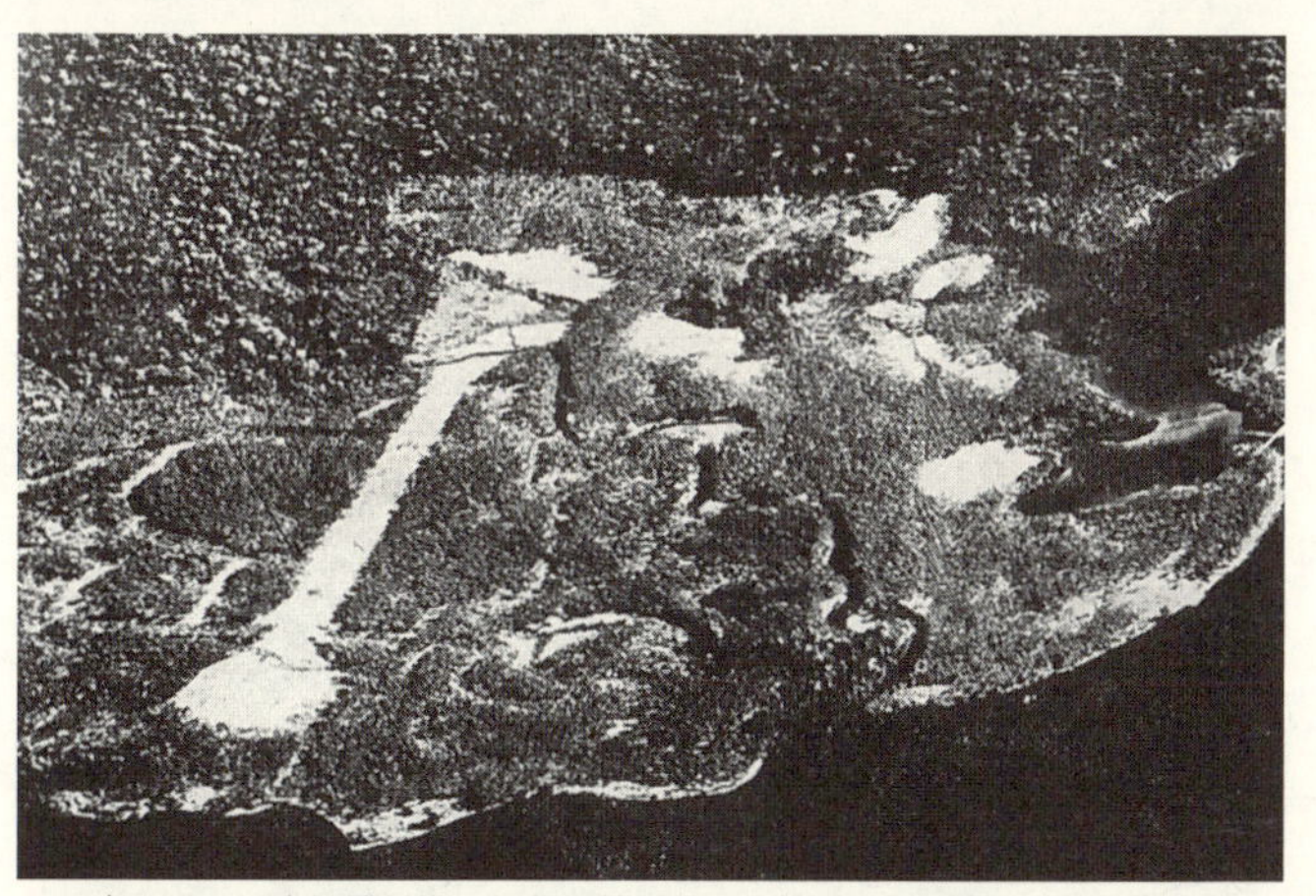

コ島ビラの日本軍飛行場。18年9月28日、10月2日の2度にわたる撤収は
敵制圧海域を護衛艦もなく、夜闇を利した決死的輸送作戦が実施された。

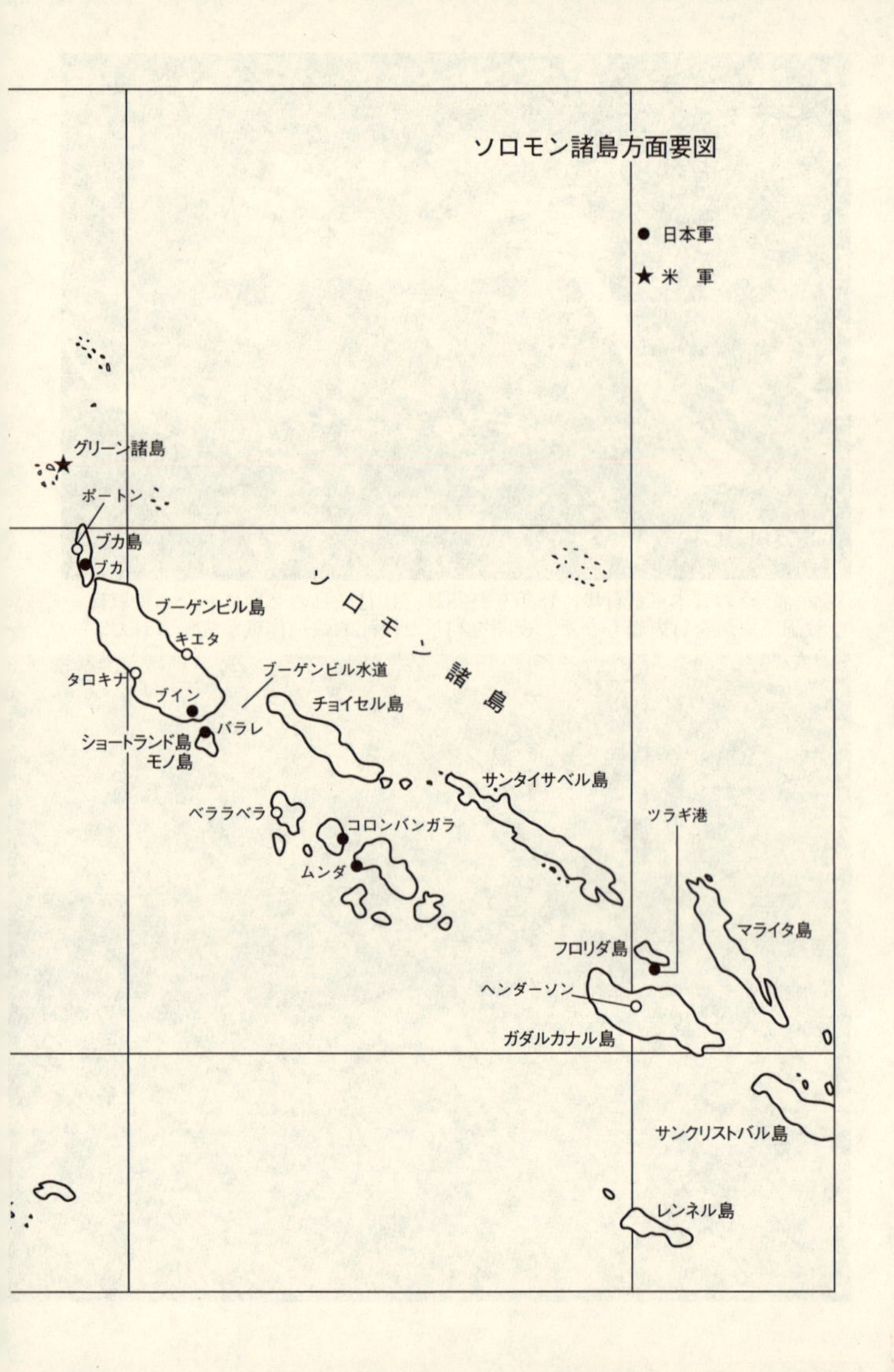
ソロモン諸島方面要図
● 日本軍
★ 米 軍
グリーン諸島
ポートン
ブカ島
ブカ
ブーゲンビル島
キエタ
タロキナ
ブイン
ブーゲンビル水道
バラレ
ショートランド島
モノ島
ソロモン諸島
チョイセル島
サンタイサベル島
ベララベラ
コロンバンガラ
ムンダ
ツラギ港
マライタ島
フロリダ島
ヘンダーソン
ガダルカナル島
サンクリストバル島
レンネル島

アドミラルティー諸島
マヌス島
ロレンガウ
ハイン飛行場
エミウラ島
ノース岬
カビエン
ニューアイルランド島
ヨーク島
ナマタナイ
ビスマルク諸島
ラバウル
ガゼレ半島
ズンゲン
ツルブ
ニューブリテン島
ジャキノット湾
シオ
サラワゲット山
ガスマタ
(スルミ)
ラエ
ベナベナ
サラモア
ヒューオン湾
マンダレー湾
マンダレー
ワードフンド
スタンレー山脈
ルサンサイ諸島
キリウィナ島
ブナ
グッドイナフ島
ポートモレスビー
エントレカストー諸島
ニューギニア島
ノルマンディー島
ラビ
ミルネ湾

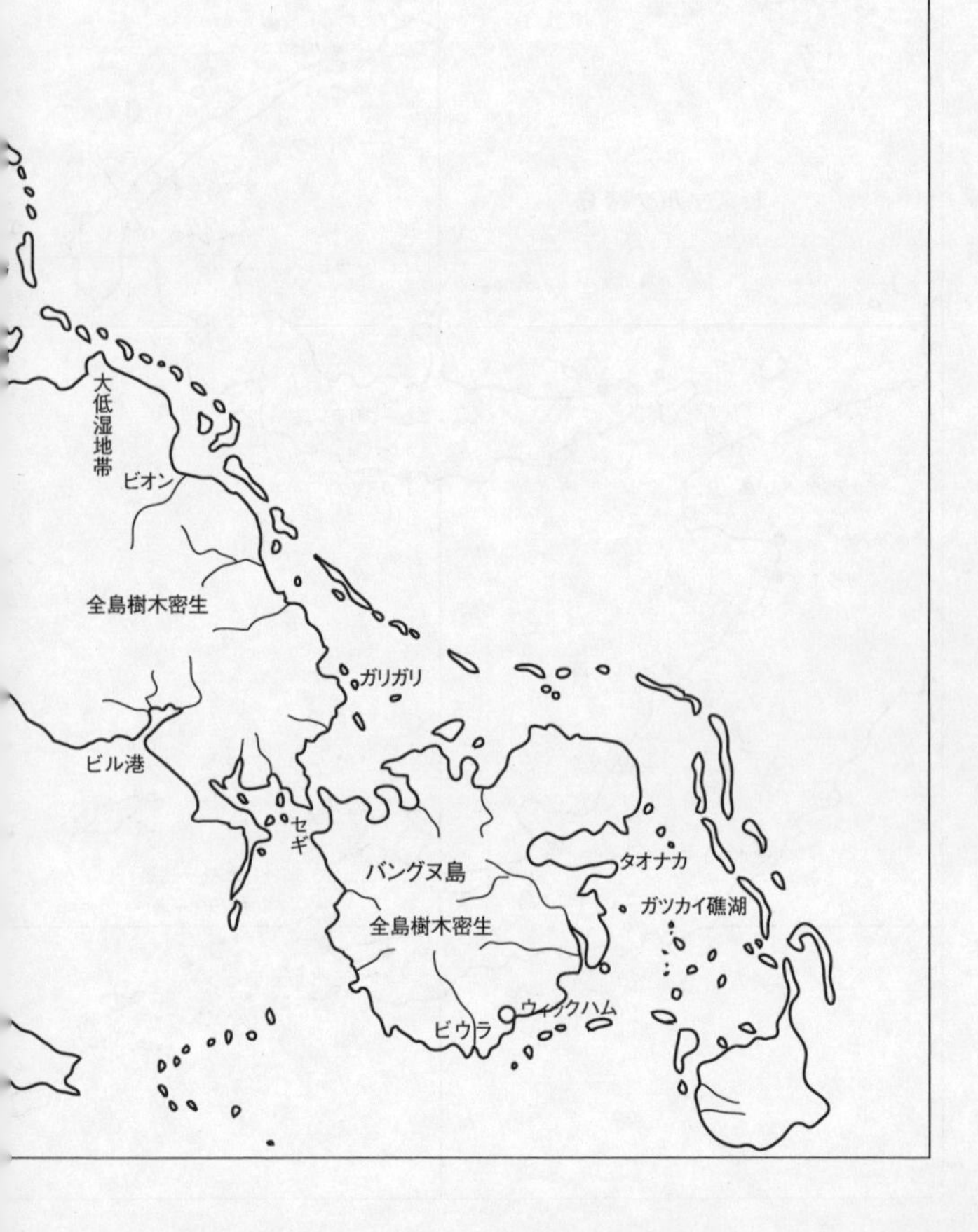
ニュージョージア諸島
大低湿地帯
ビオン
全島樹木密生
ガリガリ
ビル港
セギ
バングヌ島
全島樹木密生
タオナカ
ガツカイ礁湖
ウィックハム
ビウラ

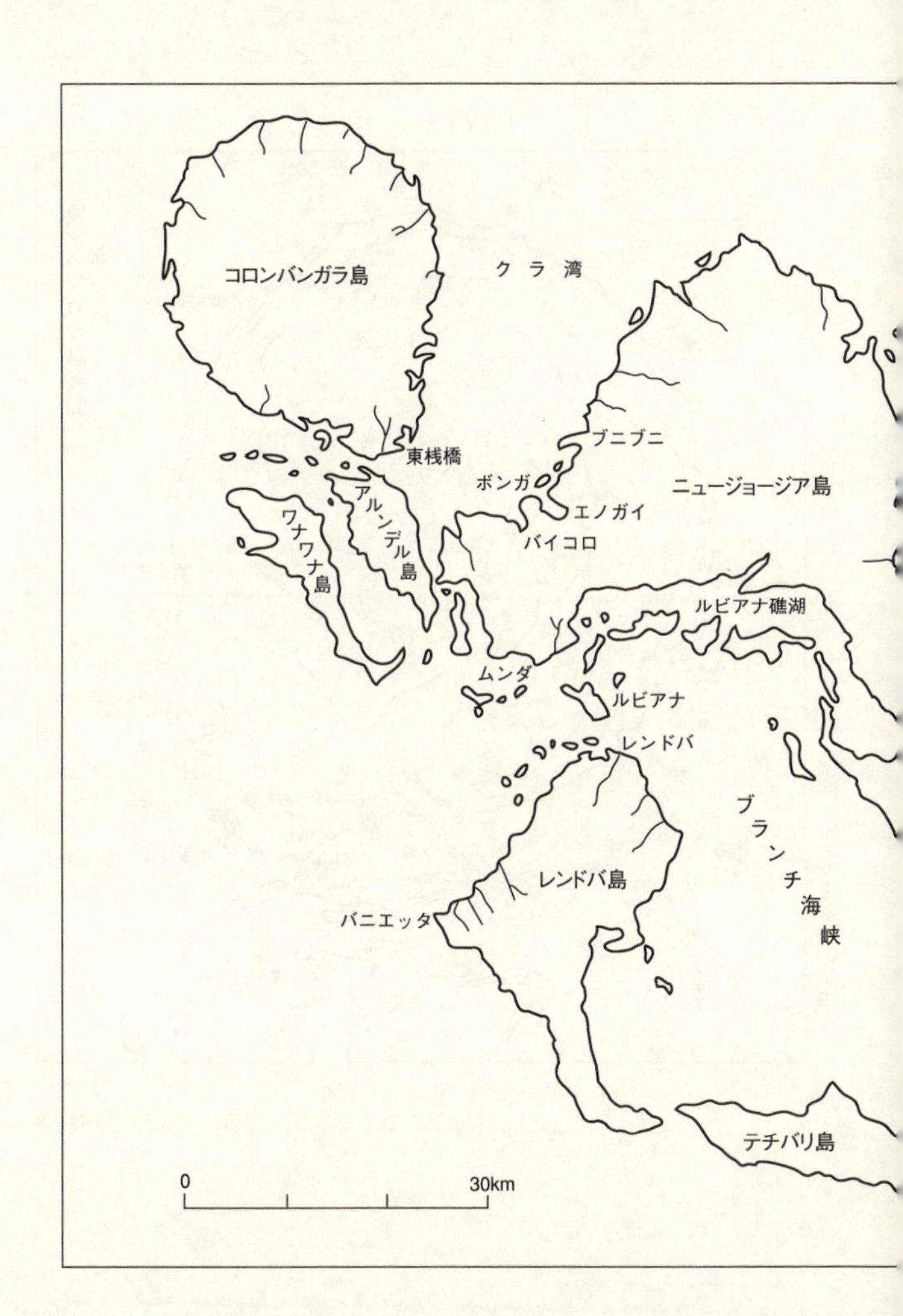
コロンバンガラ島
クラ湾
ブニブニ
東桟橋
ボンガ
ニュージョージア島
エノガイ
アルンデル島
ワナワナ島
バイコロ
ルビアナ礁湖
ムンダ
ルビアナ
レンドバ
ブランチ海峡
レンドバ島
バニエッタ
テチバリ島
0
30km

コロンバンガラ島要図

写真提供／種子島時英・雑誌「丸」

ソロモン海「セ」号作戦——目次

ソロモン海「セ」号作戦

コロンバンガラ島奇蹟の撤収

1　北方部隊、アリューシャン進攻

駆逐艦「汐風」でアリューシャンへ

駆逐艦を英語でデストロイヤー（DESTROYER・破壊者の意あり）というが、その名にふさわしく、形は軽快でスマートだが、装備の魚雷は、敵戦艦の横腹を一発でえぐる凄みをもっている。

昭和十七年五月二十九日、私は駆逐艦「汐風（しおかぜ）」の艦長として、アリューシャン要地攻略を任務とする細萱戊子郎海軍中将の指揮する北方部隊に参加して、青森県の大湊を出撃した。

航空母艦二隻、重巡洋艦二隻、軽巡洋艦三隻、特設巡洋艦三隻、駆逐艦一〇隻、特設水上機母艦一隻、食糧、燃料、弾薬補給船、病院船など六隻と、陸軍部隊の輸送船をあわせて三〇隻をこえる艨艟（もうどう）が、威風あたりをはらって、大湊をつぎつぎに出航していった。

それは、前年十二月八日の開戦以来、ハワイ、マレー沖、蘭印、インド洋、そして近くは珊瑚海と、海戦をへるごとにかるく敵を打ち破ってきた帝国海軍の自負心が、自然にあふれでているような偉容であった。

駆逐艦「汐風」は、僚艦「帆風(ほかぜ)」といっしょに、特設水上機母艦「君川丸」の護衛艦として、アリューシャン攻略の輸送船団の直衛配備についていたのである。船団は、津軽海峡をでて陣形をととのえると、針路八〇度、速力九ノット（時速約一六・七キロ）で、千島列島のはるか南方洋上を、一路アリューシャンをめざして進撃した。

出港して三日目に濃霧が来襲した。視界一〇メートルという恐ろしい濃霧である。二〇隻以上の艦船が固まって航行するのだから、きわめて危険である。各艦船は、ありたけの灯火を上甲板に出して、二分ごとに汽笛を鳴らして注意しあった。そして、針路や速力は、旗艦「阿武隈」が変更するごとに、無線電話で伝えてきた。無線電話を使用するのは、敵を前にして、強力な電波はいっさい発射してはならないからである。

「汐風」は、船団の先頭にT字形に横隊をくみ、五〇〇メートル間隔でならんだ駆逐艦群の最左翼にいた。横隊の中央に「阿武隈」が位置していた。霧の中では、無線電話の感度が低下するので、位置の確認がとりにくい。しかし、無線封止中なので、旗艦に様子をたずねるわけにもゆかず、といって、旗艦にあまり接近すると、衝突の危険があるからそれもできない。まる一昼夜というもの、「汐風」は、何も聞こえず何も見えない牛乳のような濃霧の中を、走りつづけた。

旗艦の電話が、まったく聞こえなくなってから三〇時間あまり経過したころ、ようやく霧が晴れてきたが、見ると「汐風」は、大海原のまっただ中に、ひとりだけとり残されていた。たぶん主隊は、針路や速力の変更をおこなったにちがいない。いくら走っても、無表情な水平線が、はてしなく見えるだけである。反転し、また反転して懸命に走りつづけても、小舟の影ひとつ見えない。私は、しだいにあせりをおぼえ、疲れてきた。

先任将校の久須美英治中尉と航海長の江田高市中尉が「艦長、いかがでしょう。このまま本艦一隻でキスカに突入しても、何もできませんから、それよりも横須賀に引きかえして、つぎの命令をいただくことにしては」と、言いにくそうに意見をのべた。それは、私も考えないではなかったが、たとえ横須賀にかえって、この困難な状況をいくら説明しても、とうてい理解してはもらえそうもない。

そこで私は「これは緊急事態だ。無線封止中だが、少しのあいだ電波を出そう」と答えて、ただちに電信室に、

「宛テ、旗艦阿武隈」

「本文、我汐風、方位知ラサレタシ」の暗号電報の発信を命じた。

数分後、打てば響くように、「阿武隈」から、

「ソノ艦ノ方位一八七度ナリ」

という電報がかえってきた。これで、一八七度の方位に、出会針路を修正して走ればよいのだ。こうして「汐風」は、まもなく主隊に合流することができた。

北洋でミッドウェーの大敗を知る

つぎの日の夕刻、なぜか攻略部隊は、キスカを目前にして速力を落としたが、そのとき、無線封止の静寂をやぶって、電報がしきりに入りはじめた。それはいずれも、連合艦隊旗艦経由の作戦特別緊急信であった。

「加賀炎上中、地点……」

「蒼龍艦上人影無シ」

これは、大変な電報である。「加賀」の地点を、海図にいれてみると、ミッドウェーの北西一六〇海里（約二九六キロ）の位置になっていた。まったくあり得べからざることが、おこったのである。そのあと、ぞくぞくと入る電報で、私は、ミッドウェーの大敗を知ったが、なぜ、こんな負け方をしたのか、まったく見当がつかなかった。

ミッドウェーの敗戦のため、アリューシャン作戦は一時延期されたが、まもなく再興されて、攻略部隊は六月七日夜、アッツ島とキスカ島に突入して、それぞれ無血占領した。

「汐風」と「帆風」は、キスカにいて、「君川丸」の護衛任務についた。

それはともかく、ここで私は、ミッドウェー海戦大敗のあとをふりかえってみたい。

わが海軍のミッドウェー作戦の失敗は、開戦以来、破竹の進撃をつづけていた連合艦隊の将兵に、米軍のまともな反撃にはじめて遭遇したことを悟らせると同時に、真珠湾やマレー沖海戦などは、〝うごかぬ敵〟を叩く、いわゆる〝据え物斬り〟にすぎなかったことを、イヤというほど思い知らせたのである。

これらの戦いは、偵察よりも攻撃力で押しきって成功したものであった。士気はますます上がったものの、自信過剰をまねいてしまい、わが国の上下を通じて、目にみえない心の弛みが出たことは、じつに不幸だったといわねばなるまい。

ミッドウェー海戦で、米軍は、わが方の暗号をいちはやく解読して手のうちを知り、あらかじめ準備万端をととのえて待ちかまえていた、という。しかし、もしわが方が、中国の兵書『孫子』の「彼を知りて己を知れば百戦して殆うからず……」という兵法の常道にしたがって、敵情偵察にもっと注意していれば、戦術場面でかならずしもとり返しのつかないことにはならなかったはずだ。

ところが、このたいせつな偵察を行なうのに、第一機動部隊は、これまでのように攻撃重点にかたよって、偵察兵力の出し惜しみをしたのである。つまり、主要索敵面の七〇パーセントを警戒部隊の高速戦艦や巡洋艦搭載の水上偵察機にわりふり、のこりの三〇パーセントを航空母艦積載の艦上偵察機にわりふったのである。偵察に使用された零式水上偵察機は、最新鋭機ではあったが、最高時速はせいぜい三六〇キロぐらいだから、時速五一〇キロの米空母積載の上空直衛戦闘機グラマン「ワイルドキャット」に発見されれば、とても逃げおおせるものではない。

それは自明のことなのに、機動部隊司令部は「たくさんの索敵線のうち、一線か二線が敵を発見しても電報を打てば、たとえそのあとでその偵察機が撃墜されてしまっても、任務はりっぱに達成されたのだから、そのくらいの犠牲は、この大作戦のためには、むしろ軽微なものだ」と考えていたのであろう。

この犠牲的精神を、軍人精神の基本として奨励していたわが国の作戦指導部は、犠牲的精神というものの上にあぐらをかいて、「これさえあれば大丈夫」という安心感から、戦争をすこし甘くみていたのではなかろうか。

さらに、犠牲的精神の大量生産に終始したような、あの太平洋上の孤島の悽愴をきわめた玉砕戦の経過をかえりみれば、「これは事の成りゆきだから仕方がなかった」ではすまされない何かの問題につきあたらざるをえないのである。

昭和十八年五月末から二十年六月までの、わずか二年の間に、北はアリューシャン列島のアッツ島から、南はマキン、タラワ、クェゼリン、サイパン、グアム、テニアン、パラオの諸島、そして硫黄島、沖縄にいたるまで、わが陸海軍将兵の玉砕した者は、総数二二万名にのぼるが、これにたいして米軍の戦死者はわずかに二万三〇〇〇名であった。

この繰りかえされた玉砕戦こそは、わが最高作戦指導部の無能を暴露した以外のなにものでもなかった。

無血占領といえば、アリューシャンの島々はすべて敵地なので、それ以後の任務はきびしいものであった。

キスカ島とアッツ島は、米軍の潜水艦にとりかこまれてしまった。わが軍の補給路を遮断するためである。わが駆逐艦「霰」は敵潜水艦の魚雷攻撃をうけてたちまち沈没し、「不知火」「霞」は航行不能に陥るという事態が発生した。

また六月二十一日に、敵潜水艦をみごとな爆雷攻撃で仕とめた駆逐艦「子ノ日」は、二週間後の七月三日に、米潜「トリトン」のために不意をうたれて撃沈されてしまった。

私の乗艦「汐風」は、対潜哨戒にあたっていたが、B17「空の要塞」の編隊に攻撃されたり、またキスカ湾内に停泊中に、連日、朝から夜まで絶え間ない爆撃にさらされるというありさまであった。

2　日・米潜水艦戦術の優劣

猛烈なアメリカの対潜攻撃

ところで、このようなアリューシャンにおけるアメリカの潜水艦と、開戦初頭、わが潜水艦がハワイの真珠湾口を監視したときの作戦を比較してみると、日米海軍の潜水艦戦術に、きわめて対照的な明暗があることが、良くわかるのである。

真珠湾は、アメリカの長年の大軍港であり、キスカ島は、わが軍の占領したばかりの、にわかづくりの前進拠点であるから、おなじ尺度ではかることは無理であろう。それでもこの問題は、きわめて本質的な要素をふくんでいる。これを煎じつめてゆくと、わが潜水艦が、戦前の呼号にもかかわらず太平洋戦争中、意外にもその活躍が低調であったことの最大の原因が、おのずから解明され、ひいては、わが国の敗北にもつながる、見逃すことのできない素因をも指摘することができるであろう。

一応ここで、両者の比較検討をするために、ハワイ作戦におけるわが潜水艦の行動の概要を述べてみることにする。

日米開戦の火ぶたを切った、わが空母機動部隊の真珠湾攻撃当時、わが潜水艦は伊号型一二隻をもって、真珠湾の湾口から沖の方にむかって三重の哨戒圏を敷き、それぞれが散開して湾口を出入する敵艦船の監視と攻撃の任務に従事していた。

しかし、敵の対潜哨戒は、開戦前の予想をはるかにこえた、きわめて厳重なものであった。陸上に哨所をおく水中聴音探知網と、これとチームワークをとる哨戒機と、高性能のソーナー（水中音響探信儀）をもった駆潜艇とのトリオが演ずる対潜攻撃は、さながら、イギリスの貴族たちがやる狐狩りのときの、猟犬のように獰猛で仮借のないものであった。

さすがに勇猛果敢をもって鳴るわが海軍の〝巨鯨〟も、こんな分の悪い戦いでは、鳴りをしずめて、海中ふかく蟄伏（ちっぷく）するよりほかはなかったのである。二ヵ月つづいたこの作戦中に、わが潜水艦で消息を絶ったものは、真珠湾口で二隻と、マーシャル諸島から進出して、この方面にきた一隻であった。

任務を終えて、無事に内地に帰還した潜水艦の話を総合すると、つぎのように、なみ大抵でない苦労がうかがわれた。

潜水艦は、昼間、監視の目的で潜航しているときは、敵から聴音されないためと、バッテリーの電力を節約するために、自分の推進機をとめて水中のある深度に静止させて置く。そして敵の艦船のスクリュー音を聴音する方法——潜水艦用語でハンギング（Hanging）という——をとることであるが、艦を水中でとめると、潜舵も横舵もきかなくなるので艦の前後の釣合を保つために、ときどき前部と後部の釣合タンクの水をポンプでほんのすこし移動させる必要がおこる。そのとき運転するポンプの音響が敵に探知されて、たちまち駆潜艇が駆けつけてきて爆雷攻撃をいやというほどくらわすのである。

また、ハンギングしているとき、艦内を乗員が鋲（びょう）を打った靴で歩くと、その音響も探知されて、すぐさま攻撃を受けたことがあったので、それ以後はスリッパで歩くことにしたなどと、まことに神経の痛むような話であった。

爆雷攻撃を、二〇回以上うけて、発射管が浸水したり、重油がもれる損害をうけても、なお、監視をつづけた潜水艦もあったが、こんなぐあいで、ほとんど監視の効果はあがらなかったようであった。

結局、これはわが方の潜水艦の使い方が、功をあせって無理をかさねたからである。

潜水艦は、本来が、奇襲を眼目とする艦種であるから、襲撃前に、敵に自分の所在を感づかれなかったものは、うまく成功したが、そうでないものは、ほとんど制圧されている。それほど、対潜哨戒用の飛行機と、ソーナーの威力が強大になって、そのため潜水艦の隠密性が、いちじるしく低下してしまったわけである。しかし、ひろい太平洋で、このように厳重な対潜兵器がそろっている場所は、いくら連合軍側の物量が豊富だからといって、どこもかしこもというわけではなかった。だから、対潜兵器のまばらな局面では、潜水艦は、まだ結構その特性を発揮することができたのである。

こうしてみると、アリューシャンとハワイの彼我の潜水艦は、文字どおり正反対の境遇におかれていたことになる。

真珠湾正面に、わが潜水艦が蝟集（いしゅう）したことは、特定の海面に、自己の所在を顕示したようなもので、長居をすればするほど、敵に好餌をあたえる結果になった。

ではなぜわが方は、こういう作戦を、あえて行なったのであろうか。

それは、前にもふれたように、わが海軍が戦前から金科玉条として営々として研究をかさねてきた「漸減(ぜんげん)作戦」遂行のためであった。

つまり、真珠湾を出撃してはるばる攻めてくるアメリカ艦隊を、わが潜水艦が湾口からずっと太平洋上を跡をつけてきて、刻々と、自艦の艦位と敵艦隊の位置、兵力、針路速力などをわが艦隊司令部に報告する。そして機を見て、敵主力の前にまわって、入れかわりたちかわりに奇襲攻撃をくわえては、しだいに敵勢力を減殺してゆく。最後に日本本土寄りの海域で連合艦隊の主力が、敵の漸減された艦隊を迎撃して日本海海戦のときのように一挙に撃滅する、というものであった。

そのために伊号型潜水艦は、敵艦隊の輪形陣下の編隊航行速力の一倍半の優速になるように設計されていて、最高二三ノット(水上)までだすことができたのである。

このような兵術思想は、昭和五年(一九三〇年)のロンドン軍縮会議の後のころに生まれたようである。わが国が、大正十一年(一九二二年)のワシントン会議で決められた、対英米主力艦保有量五・五・三の比率にくわえて、ロンドン会議で、補助艦七割、潜水艦対等の比率が決まったので、その直後からわが海軍部内では、アメリカにたいして「それならば、潜水艦で来い」という気構えが強くなり、ついに「漸減作戦」という戦法を編み出したのであった。それは、劣勢比率からくる劣等感と不安感を一掃するのには、もってこいの戦法であった。

転換の機を失したわが潜水艦戦術

しかし、それから一〇年以上たって太平洋戦争に突入したときは、各種の兵器は、それぞれ長足の進歩をとげていた。しかし潜水艦だけは、形体は大きくなって水上偵察機などを搭載するようにはなったが、潜水艦の本質的なものは旧態依然として進歩のあとはみられなかった。

というのは、潜航中の潜水艦は電気推進で、バッテリーだけが動力源だから、水中速力はせいぜい四ノット（時速約七・四キロ）か五ノットで、もし無理をして八ノットでもだそうものなら、バッテリーは一時間でアウトであり、一度、敵の駆潜艇のソーナーにキャッチされたならば、逃げおおせるのは至難の技（わざ）であった。

潜水艦のこのような脆弱性は、ついに改善されることもなく終戦を迎えた。もっとも、終戦まぎわに、わが方に水中速力一九ノット（時速約三五・二キロ）一時間持続という一〇〇〇トンの中型潜水艦ができたが、三隻ほど完成しただけで、戦闘には参加しないで終わった。ともかく頭のきりかえのできていない潜水艦用兵家がいるかぎり、問題の解決にはならなかったのである。

しかし、戦後九年たった昭和二十九年に、アメリカが原子力潜水艦「ノーチラス」を完成した後は、列国も同様の潜水艦を開発して、ここにはじめて、潜水艦という名にふさわしい、水中速力三〇ノット（時速約五五・六キロ）、連続二カ月間潜航を持続できるものが出現したのである。当時の潜水艦の技術からは、それこそ夢想すらできないことであった。

結局、太平洋戦争の勃発した昭和十六年ころの潜水艦は、潜水艦史上で最悪の時期にあったわけである。つまり、対潜兵器が、潜水艦の特性を完封した時代であって、もはや、第一次大戦中のドイツ潜水艦のような、はなばなしい活躍をもういちど期待することは、無理というものであった。

すでに、第二次大戦に入ったころは、母艦航空兵力を、艦隊戦力の根幹とする機動部隊が海上戦闘の主役を演ずるようになっていたから、もはや潜水艦をもってする「漸減作戦」の思想は、陳腐化していたのだ。だが、長年つちかい、その目的のために猛訓練を重ねてきたわが艦隊随伴潜水艦部隊を、なんとか生かして使いたいと思うあまりに、情勢の変化を洞察して戦術転換をはかるべき時期を失してしまったのである。

伊号型潜水艦三隻を失って、ようやく目がさめた艦隊司令部は、潜水部隊からの「本来の、通商破壊作戦と、広城海面の奇襲作戦をやらせてほしい」という熱望にもこたえて、ついに、昭和十七年二月末に、真珠湾の監視から手を引いたのであった。

連合艦隊の渡辺参謀の報告に、「この潜水部隊は、六〇日も太陽を見ることがなく、六〇日目に太陽を見て、眩しくて吐き気をもよおす者もいた」とあるように、よほどの辛酸をなめたのであろう。これにくらべると、潜水艦の特性をフルに生かしたアリューシャンの米潜は、相当な戦果をあげたのである。

わが方の、潜水艦部隊の戦力の消耗は、蓄積疲労となってのこり、三ヵ月後のミッドウェー海戦で当然、潜水艦を必要とする場面に、潜水艦が足りなくて、みすみす大事な手を抜くという、皮肉な結果をもたらしたのであった。

ミッドウェーにおいて、もし、わが潜水艦の精鋭が多数で、幅ひろく散開して、わが機動部隊の前方数百海里以上を数段構えで索敵をおこなっていれば、敵の機動部隊の存在を早期につかむことは容易であったはずである。わが機動部隊が、ミッドウェーの戦場に来てしまってから、「敵空母が、いるかいないか」でやきもきするようなこともなく、したがって、あるいは、あんな大敗を喫しないですんだかもしれないのである。

「ハワイで潜水艦を殺して使い、そのために、ミッドウェーで生かして使うべき潜水艦が間に合わなかった」ということは、作戦用兵上の重大な誤りを犯したというべきである。

戦後、アメリカの軍事評論家も「日本の潜水艦が、意外にふるわなかったのは、その使用法の不適切によるもので、ひいては、日本の敗因の一つにもつながった」と指摘しているようである。

この大戦で、日本の潜水艦は、出撃した艦の大半は沈没して、その数は一二九隻にたっし、乗組員一万五〇〇〇名が艦と運命を共にした。これにくらべて、アメリカの潜水艦は、五二隻——けっして少ない数ではないが、それでも、日本の四〇パーセントにすぎない——しか沈没していない。この数字をみても、日・米の潜水艦戦術の優劣が、おのずからあきらかになるであろう。

3 玉砕第一号、ツラギ守備隊

無謀きわまる二万キロ防御ライン

駆逐艦「汐風」は、昭和十七年八月中旬、北方部隊からのぞかれて、海上護衛隊に編入されたので、思い出のふかい北の海をあとにして、日本海を航行して九州の門司にむかった。そして、門司と台湾の高雄を往復する、大輸送船団の海上護衛任務に従事することになった。

十一月下旬、「汐風」が、三回目の復航船団を護衛して門司に帰港したときに、私は、駆逐艦「村雨」の艦長に転任の辞令をうけた。そして、数日後に着任してきた後任の道木少佐に職務を引きついで、開戦前から一年八ヵ月ものあいだ苦楽をともにしてきた「汐風」の乗員たちと別れを惜しんで退艦した。

昭和十七年の暮れちかく、トラック島で「村雨」に乗艦した。

こうして私は、新鋭駆逐艦「村雨」に乗って南太平洋の第一線の作戦任務に従事することになったが、ひとまず話の順序として、緒戦から昭和十七年暮れころまでの、わが陸海軍作戦の模様を、主として南太平洋の戦線を中心にして、その概略をふり返ってみたい。

開戦劈頭から、わが軍の南方要域にたいする進撃は、文字どおり、破竹の勢いというものであった。わずか三ヵ月で、西はフィリピン、マレーから、東は蘭印、東部ニューギニアの線まで、またたく間に席巻してしまった。この攻略は、予想した所要日数の半分で完了したので、その幸先のよい出だしに、わが方は国をあげて驚喜したのであった。

しかし、この占領は、碁でいうならば、単なる布石であった。

この要域の攻防戦では、連合軍側は、かなりの抵抗を示したが、もともと出先の守備軍なので、力量に限度があり、わが方の準備万端をととのえた圧倒的な兵力による先制集中攻撃のまえには、鎧袖（がいしゅう）一触で軽く片づけられてしまった。

それに、碁の布石は、あくまでも布石にすぎない。問題はそれ以後の勝負にあることは、敵も味方も充分に承知していたはずであった。

ところが、わが軍報道部が、国民の士気をたかめるために、この布石をもってあたかもわが軍の不敗態勢が完成したかのように宣伝したので、国民は安心して「この戦争は大したことはない」と、軽くみるようになったのである。

その結果、国内に充満した戦勝気分が軍にはねかえり、軍もまた、似たような気分にひたって、それから先の作戦を場当たりの軽率なものにしていったのである。

その一つとして、作戦指導部は、わが本土を中心とする半径五〇〇〇キロにおよぶ長大な防御ラインを守りぬこう、と考えたばかりか、さらに「FS作戦」と名づけて、フィジー、サモア、ニューカレドニアを攻略し、また、「MO作戦」といって、ニューギニア南岸の要衝ポート・モレスビーにまで、攻略の手を伸ばそうと考えたのである。まさに、誇大妄想というべきであろう。

同時に戦争指導部は、この作戦を成功させるための、間接の条件として、ヨーロッパ戦局における英国の崩壊と、それに関連してアメリカの戦意喪失を暗に期待したのである。これは、大きな賭であった。そして、不幸なことに、その賭に負けた。ではなぜ、このような危ない賭を、あえてしたのであろうか。

この疑問にこたえるためには、軍上層部の戦争の見通しについての判断を知る必要がある。

軍上層部では、開戦前から、アメリカ兵の精神力を「個人の自由享楽を追う軟弱なもの」とみて、「わが将兵の滅私奉公を遵奉する、大和魂の敵ではない」とみくだしていた。

そして、この風潮は、作戦指導部にも、「必勝の信念」として定着してしまった。戦争の初期に、彼らの中には、「アメリカは、戦闘で二五万人もの戦死者が出れば、国内の世論が厭戦に傾くだろうから、できるだけ出血を強要するように仕むければ、これを屈伏させることは、さほどの難事ではない」と主張する者がいた。

また、防御ラインを設定するときに、内南洋（旧日本委任統治領）の線だけで防げば、万一それが破れたばあいは、ただちに本土が危険にさらされるから、念のため、ソロモン、ニューギニアの線を外堀としたことは、一応うなずける。しかしこのラインは、西はビルマから東はアリューシャンにかけて、それこそ地球の半周にもおよぶ、二万キロにちかい長大な防御ラインである。

支那事変で、すでに多くの人命と物資を消費したわが国が、巨大な物量を誇る米英を、あらたに向こうにまわして、はたして、この防御ラインを維持することが可能かどうかが当然、問題になる。

しかし、よく考えてみると、わが方が緒戦の真珠湾攻撃に、はやくも特攻隊として特殊潜航艇を併用したことでもわかるように、物量不足を、肉弾攻撃で補うつもりであったことは、厳然たる事実であった。

また真珠湾の特攻潜水艇は、実質的効果よりもむしろ精神的効果をねらったものであることも、事実の示すとおりである。それによって、まず開戦初頭に敵に恐怖をあたえると同時に、わが軍の全員にたいして「これからは、すべての攻撃を、この特攻精神をもっておこなうように心がけよ」と、暗に覚悟をうながしたわけである。

日本軍の作戦指導部は、かつて日露戦争の旅順攻略や、第一次大戦の青島戦役において、わが兵力の大量消耗によって辛勝をえた前例を、今回も踏襲することによって、対処する腹でいたことは明らかである。

離島防御にのんきな作戦指導部

また一方、トラック島の内堀を守った将兵は、最前線でないという安心感もあり、またこの島には横須賀あたりの料亭などが支店を開いていたので、結構、内地の軍港地気分にひたっていたようである。勿論、ソロモン、ニューギニアで損傷した艦船の修理や、乗員の休養など、トラック島は相当の役割をはたした。しかし、島自体の防備強化を、いっそう真剣になって考えることが、とくに必要だったのである。

そして、ひとたびソロモンの外郭が破れた後の、内南洋のもろい敗北をみると、何もやっていなかったことを責める前に、何もできなかったことを、むしろ気の毒に思うのである。つまり、ガダルカナル島を攻略した直後の一番大切な時期を、そのガダルカナルで漫然と、テンポのおそい飛行場づくりに空費してしまい、いざ敵が来襲すると、はじめて事の重大さに気づいた。それからは、なりふりかまわず物資と兵力をつぎこんで力んでみたが、すでに万事休すであった。いったん制空権を先取りした米軍からは、思いのままにふりまわされ、もうその時は、トラック、サイパンなどの内郭を、補強するどころの騒ぎではなかった。

こんなことになるくらいなら、はじめからトラック島を真珠湾なみに強化して、ソロモンの線には手をつけない方が、よかったのではないか。そうすれば、わが方が、ガダルカナル島の争奪戦でなめた苦汁と同種のもの、すなわち、制空権を持たない遠距離補給の苦痛を、内南洋に反攻してくる連合軍に、味わわせることができたはずである。

それでは、わが作戦指導部の大きな誤算のために、ソロモン、ニューギニアの線でわが軍がたどった苦難の道を、少し分析をくわえながら、振りかえってみよう。

昭和十七年五月三日、四〇〇名の陸戦隊が、赤道近くの南太平洋ソロモン諸島の南端にあるガダルカナル島の向かいの、フロリダ島のツラギに上陸し、占領して、その日のうちに水上機の基地をつくった。

これはアメリカが、オーストラリアを反攻の基地にするのを防止するために、米豪連絡の海上交通路を側面から監視制圧するためのものであった。いわば、敵の鼻づらへ、ヌッと顔をだしたようなものである。つぎの日、ツラギ基地はただちに米機動部隊の艦上機の大群の

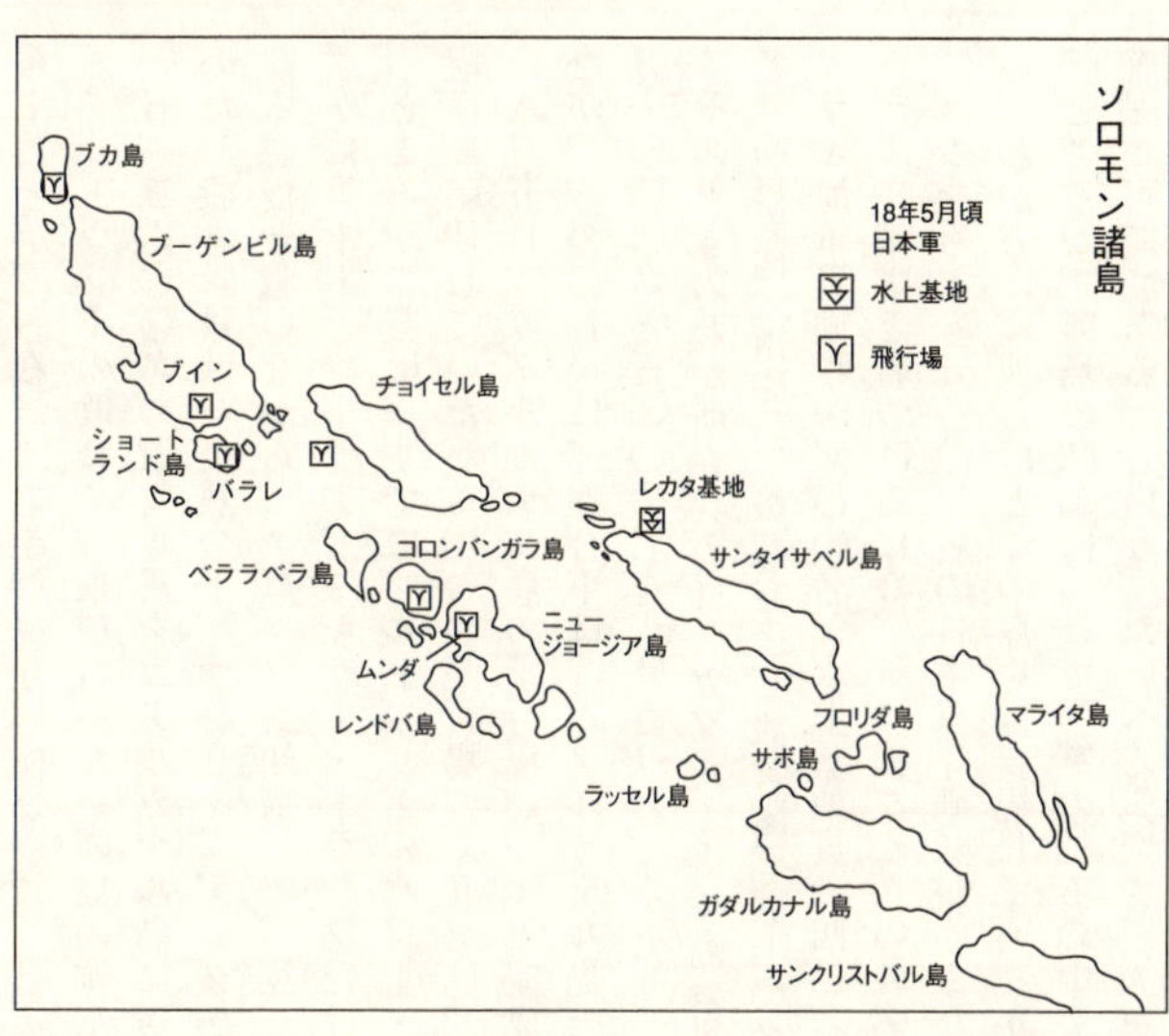

空襲をうけた。

それから数日後に、史上初の空母対空母の航空戦といわれた「珊瑚海海戦」がおこり、日米機動部隊が激突した。この海戦でわが方は、小型空母「祥鳳」を失ったのにたいして、アメリカは最大の空母「レキシントン」を沈められたので、戦いは一応わが方の勝利になった。しかし、飛行機の損失は、アメリカの七〇機にたいして、わが方は一〇〇機をこえ、空母機搭乗員も二倍以上が失われたので、損害の痛手は、むしろわが方が大きかった。

それにくわえて、その一ヵ月後に喫した、ミッドウェーの惨敗が、ついにわが機動部隊の退勢を決定づけたのである。

いまさら愚痴になるが、ここで、一歩ふみとどまって、すみやかに力相応に戦線を縮小していれば、狂瀾を既倒にめぐらすことが、あるいはできたかもしれない。

ミッドウェーの敗戦で、飛び石づたいの島の航空基地の重要性をさとったわが軍は、七月一日、二六〇〇名の設営隊員をガダルカナル島に送りこみ、十六日から飛行場づくりをはじめた。設営隊員は、炎熱の下、マラリヤ、デング熱、熱帯潰瘍、アメーバ赤痢などの、あらゆる悪疫と戦いながら、スコップ、鶴嘴、鍬、鋸、鉈などの原始的な道具を使い、機械はわずかにロード・ローラー、ミキサー・トラックだけで営々とジャングルを切り開いていった。

ところが米英は、すでにブルドーザー、パワー・ショベル、トラクターなどの土木機械を縦横に駆使していたから、この飛行場づくりだけでも、とうてい競争にはならなかった。

八月五日、ガダルカナル島の飛行場がやっと完成して、「戦闘機の進出可能」が報ぜられたが、その二日後に、連合軍は、ガダルカナル島とその対岸のツラギに、それぞれ海兵隊一万一〇〇〇名と三〇〇〇名を上陸させた。

そのときのわが所在兵力は、ガダルカナル島(以下ガ島と略す)守備隊が、陸戦隊二四七名(高角砲四、山砲二、機銃若干)、設営隊二五七〇名(小銃三六〇梃)あわせて二八一七名、ツラギ海軍警備隊が四〇〇名、水上基地員三四二名、設営隊一四四名、あわせて八八六名という、守備隊と名づけるには、気の毒なくらいの弱小兵力であった。しかし連合軍は、ガ島には少なくとも五〇〇〇名の日本軍守備隊がいるだろう、と予想して上陸してきたというから、わが方は、彼らほどこの島を重要視していなかったのであろうか。

ところが、離島の防御について、そのころの中央作戦指導部の中には、「守備兵がおれば、確保が可能である」という、たいへん気楽で、人を食った考え方をする者がいたということである。この考えは、守備兵を、弾薬とおなじ消耗品くらいにしか思っていないようなもので、これが、無謀な作戦を随所に強行して、そのあげく、この大戦をつうじて、太平洋上の離島や僻地で、大小何十回となく、わが将兵を玉砕に追いやらせたことと、無関係とはいえないであろう。

その皮切りとして、まずツラギ守備隊が、連合軍の上陸後、一昼夜にわたる抵抗の末に全員が玉砕した。太平洋戦争〝玉砕第一号〟であった。

その悲劇の八月八日夜半、わが巡洋艦七隻と駆逐艦一隻が、重巡「鳥海」を先頭にガ島泊地に突入して、米豪の重巡四隻を撃沈し、四〇〇〇名の乗組員を失わせる大戦果をあげて、わが方は無傷で引き揚げた。

これは「第一次ソロモン海戦」とよばれ、わが海軍が長年にわたって演練してきた、夜戦技術の精華を発揮したものとして、わが軍の士気は大いに上がり、国内は歓喜にわきたったのである。

しかし、この海戦の戦果は、運よく奇襲に成功したので得られたもので、その後は連合軍も警戒をかため、夜戦におけるレーダー射撃が卓越した性能を発揮しはじめたので、形勢は楽観をゆるさなくなった。

壮絶、ガダルカナル増強作戦

八月十八日夜、飛行場奪回を命ぜられた陸軍一木支隊先遣隊九〇〇名が、駆逐艦六隻に分乗して、ガ島に突入上陸したが、三日後の二十一日、戦車六両を有する優勢な敵に包囲されて、一木連隊長以下七七七名が壮烈な玉砕をして果てた。

わが軍のガ島増強作戦は、一木支隊先遣隊の玉砕後、駆逐艦の夜間緊急輸送（いわゆるネズミ輸送）によって、精いっぱいの努力がつづけられた。しかし、二〇〇〇トンに満たない駆逐艦なので、速力は速いが搭載力はとぼしく、陸兵を二、三〇〇名と、各自の携行兵器と若干の機銃、弾薬、糧食を搭載するのが限度であった。たとえ無理をして積んでも、せいぜい軽砲の数門で手いっぱいであるから、大砲、戦車を運ぶ輸送船のようなわけにはゆかなかった。

八月末から九月上旬にかけて上陸した川口支隊主力をくわえて、ガ島の兵力は九〇〇〇名と頭数だけは増えていたが、装備が劣悪なうえにあとの補給がつづかない。だから、毎日のように大型輸送船で、一万トン前後の軍需品を揚陸している連合軍の装備とのあいだには、天地の開きができていった。

そこで川口支隊は、速戦即決を企図して壮絶な斬り込みをくりかえしたが、ありあまる重火器でかためられた敵陣には、まったく歯がたたなかった。肉弾攻撃をしても、地雷や機銃の砲火で、ことごとく討ちとられてしまうという、無惨な戦闘であった。

しかし、ラバウルで指揮をとる南東方面軍司令部は、つぎのように計算した。

まずガ島に頭数だけでも大量の兵力をつぎこみ、短時日に総攻撃をくわえて敵の飛行場を占領、制空権を一時的におさえる。そして、その間に一挙にわが輸送船団を送りこんで、兵器弾薬など軍需補給をおこなえば、わが軍の陣容をたてなおすことができるから、それによってガ島の長期占領は可能になる。

十月四日に輸送船「日進」がガ島に入泊して、第二師団司令部と野戦重砲兵（一五センチ榴弾砲）を揚陸し、十日には、第十七軍司令官もガ島に上陸した。ところが、そのころは、川口支隊はすでに飢餓にひんしていて、「人員はもう沢山だから、弾薬と糧食を送れ」と、苦しい訴えをしていた。

十四日夜には、わが高速輸送船四隻がガ島に入泊したが、敵機の空襲をうけて三隻が被弾して火災をおこし、積んできた弾薬の五分の一と、半量の糧秣を揚げただけで終わった。そのため、十七日、さらに駆逐艦数隻の〝ネズミ輸送〟をおこなって不満足ながらも一応、総攻撃前の補給を完了した。

そして十八日に、第二師団は行動を開始した。だがすでに、マラリヤ熱と栄養失調でよわりきっていた兵士たちは、雨でぬかったジャングルの山や谷を、重い大砲の砲身や砲架を運搬するのに難渋して思うように進めない。ようやく二十三日夜から、米軍の飛行場に総攻撃をかけたが、各隊の先頭がそろわないうえに、相互の連絡もとれず、支離滅裂の攻撃になってしまった。二十五日夜には、乏しい弾薬も使い果たし、そのうえ、空腹で身動きもできないので、ふたたび壊滅的な損害をうけて、むなしく敗退した。

この総攻撃を側面から援護するために、トラック島から出撃してきたわが空母「翔鶴」「瑞鶴」「瑞鳳」と巡洋艦五隻は、戦艦一隻をふくむ米機動部隊とガ島北東の洋上で遭遇して、壮烈な海空戦を展開した。空母「ホーネット」をふくむ二隻と、戦艦一隻を撃沈し、わが方は空母二隻が損傷するだけの大戦果をあげたが、残念ながら、これだけではガ島戦局の大勢をくつがえすことはできなかった。結局、わが方がガ島の苦境を脱却するためには、ガ島そのものの制空権の奪回が先決問題であることに変わりはなかった。

第十七軍司令部は、第二師団の敗北にも懲りずに、さらに第三十八師団を揚陸させることにして、十一月五日、その先発隊を駆逐艦一六隻で輸送して〝ネズミ上陸〟をおこなった。これはともかく成功し、ついで十二日、同師団主力は一一隻の輸送船に分乗、駆逐艦一一隻に護衛されてラバウルを出港した。この増強作戦を援護するためにトラック島から出撃したわが艦隊と、これを阻止しようとするアメリカ艦隊との間に、十二日から三日間にわたって、またもや死闘(第三次ソロモン海戦)がくりひろげられた。

十二日には、わが戦艦「比叡」「霧島」、巡洋艦一隻および駆逐艦一四隻と、アメリカの巡洋艦五隻、駆逐艦八隻が対戦して、アメリカは巡洋艦二隻、駆逐艦四隻が沈没、各一隻が大破し、わが方は「比叡」と二隻の駆逐艦を失った。

十四日には、「霧島」と巡洋艦四隻、駆逐艦九隻にたいして、米艦隊は戦艦二隻と駆逐艦四隻と、もう一つ、まだいたのかと驚かせた空母と、さらにガ島から飛びたった飛行機がくわわって、終盤戦がおこなわれた。

その結果、わが方は「霧島」と巡洋艦、駆逐艦各一隻を失い、米軍に戦艦一隻中破、駆逐艦二隻沈没、二隻大破の損害をあたえた。しかしこの海戦で、「霧島」は、米新式戦艦「ワシントン」のレーダー射撃に完敗した形になって、これ以後わが海軍は大型艦をこの方面に出撃させることを断念した。

またこの間に前記一一隻の船団は、のろのろとガ島に向かう途中で空襲をうけて七隻が沈没または大破し、のこり四隻はガ島に進入して浅瀬に乗り上げたが、そのあと全部、陸上からの米軍の砲撃で炎上した。このとき二〇〇〇名が上陸して、ガ島のわが兵力は二万七〇〇〇名にふくれ上がったが、同時に揚陸できた米は一五〇〇俵で、それはせいぜい一週間をささえるだけの量であった。

十一月中旬に、米軍がガ島に新しい飛行場を造成した。わが所在部隊の兵士は、戦える者が四〇〇〇名で残りは半死の病人という、最悪の状態に陥っていた。

十二月になって、ガ島の駆逐艦輸送は、月末までに延べ一〇隻が成功したが、その間に一隻が沈没、二隻が大破し、輸送にきた「伊三号」をふくむ二隻の潜水艦も、敵魚雷艇の雷撃などで沈没した。

十二月十三日、米軍はガ島に飛行場六ヵ所を完成し、ほとんど絶対的な制空権を確立して、わが水上艦船を一隻も近づけない態勢をつくりあげた。

十二月二十日、ついにガ島所在の将兵が「餓死するよりも、むしろ敵陣に斬りこんで死にたい」と、悲痛な叫びをあげている、という現地からの通信がとどいた。大本営海軍部は、連合艦隊に「手段をつくして、ガ島に糧食を補給せよ」という命令をだしたが、おそらくこの発令者も過去五ヵ月にわたる戦闘の経過を顧みて、ガ島を救う道はもはやないもの、とうすうす感じていたであろう。

米軍にしてみれば、ガ島に二万七〇〇〇名の人質をとっているようなもので、それをおとりにして、いくらでもわが方の艦船をおびきよせて、飛行機で仕とめればよいのだ。

いまやガ島は、わが方の厄介な重荷になった。中央の軍首脳部は、ガ島の対策について苦慮したが、まだそのころは、さすがに玉砕を避けようと努力した。だからといって「負けた、引け」とは、なかなか言いにくいものである。

とくに、見とおしを誤ったこの作戦を計画推進して、わが軍をみすみす苦戦の泥沼におちこませた軍首脳部は、なんとも格好がつかないのである。いろいろ論議をつくして形をつくろうとしたが、結局、撤収以外には道がなかった。

そして翌昭和十八年二月、わが二〇余隻の駆逐艦は、一日から七日までの間にガ島を三往復して、奇蹟的に一艦も損せずに、半死半生の一万二〇〇〇名の生存者を救いだすことができたが、一〇〇〇名の捕虜をのぞいて、二万三〇〇〇名以上が、ついに帰らなかった。

この、ガ島からの敗退は、わが軍が実力以上に手を伸ばしたために、敵から押し返されたものである。外郭の防御線で、このように無益な消耗をかさねて、内郭の固めにまわすべき貴重な人員資材までも消費してしまったので、その後、外郭が破れたときは、内郭の防御線は、はじめから無かったのと同じくらいに、もろくも壊滅したのである。

ブナ守備隊救援で陸海軍が対立

さて、以上のようにわが軍は、悪戦苦闘もむなしく、ついにガ島を手放したのであったが、一方、東部ニューギニアでも、ガ島作戦と併行して激しい地面取りの戦闘がつづいていた。

この方面の戦いは、ガ島攻略より二ヵ月ほどはやく開始されていた。三月初旬に、サラモアにわが陸軍一個大隊が、またラエに海軍陸戦隊一個大隊が上陸して、それぞれ米軍飛行場を占領して、ニューギニア南岸最大の要衝ポート・モレスビーと、東部ニューギニアの要地を攻略するための足がかりにした。

しかしミッドウェー海戦後、米軍の南太平洋における反攻はにわかに本格化して、ポート・モレスビーの航空兵力は、ものすごい勢いで増強されはじめた。当然のことながら、ここにラバウルを本拠とするわが海軍基地航空隊との間に、雌雄を決する航空撃滅戦の幕が切って落とされたのである。

その結果、わが方は、ソロモンおよび東部ニューギニアの両面の航空作戦に突入して、飛行機の消耗が急激に増大しはじめたが、それを補充するための国内の飛行機の生産能力は、もはや不足を告げてきた。もうこれ以上戦線を拡大することが不可能になったので、七月十一日、大本営は「F作戦」（フィジー攻略）をとりやめることを発表した。

そして、第十七軍と第八艦隊は、ポート・モレスビーを攻略するかたわら、ニューギニアの残敵を掃蕩し、また飛行場を設営して、対豪航空作戦を有利に展開しようともくろんだ。しかし、ガ島作戦と同様に、わが方の飛行場造成速度がおそいのと、ミッドウェー海戦後、米軍が対日反攻のためオーストラリア・ルートを強化したことなどで、おいそれとわが方の思うように事は運んでくれなかった。

そのうえ、B17、B26などアメリカの重爆の対戦闘機防御力が向上して、わが零戦でこれらを撃墜することが、ほとんど不可能になってしまった。また、一式陸攻機は、パイロットの間でさえ自嘲的に〝一式ライター〟といわれるほど、空戦で火を発しやすくて消耗が激しかったので、これらの素因がかさなって、わが航空兵力の致命的な弱点になった。それに追い打ちをかけるように、敵の地上および艦船の対空砲火が、質量とも圧倒的にすぐれてきたので、彼我の航空戦力は日を追ってその差をひろげていった。

したがって、ニューギニア攻略部隊の補給も、敵機の妨害のためガ島の補給とまったく同様の状態になってしまった。十一月はじめから、東部ニューギニアのオーエン・スタンレー山脈を踏破してポート・モレスビーの背後をねらっていた陸軍南海支隊は、装備優秀な米豪軍の挟撃にあって敗走し、十一月二十日、数千名の将兵が飢えと病気で壊滅した。

また、ブナ飛行場は、陸戦隊と陸軍部隊をあわせて一八〇〇名と設営隊四〇〇名とで守っていたが、十一月十六日に一〇〇〇名の連合軍が上陸してきたので、翌十七日、救援のためわが軍は一五〇〇名の陸兵を駆逐艦八隻に乗せてラバウルから急送した。十八日夜、その駆逐艦のうち五隻は、ブナの揚陸を完了したが、あとの三隻は、B17が来襲したので、サラモア方面に避退した。ところが、十九日の朝、新たに、七〇〇〇名の敵が来襲して、飛行場とブナの集落を完全に包囲してしまった。

ついにわが軍は、ガ島ばかりか、ブナでも追いつめられ、兵器弾薬が欠乏してきた。しかし、救援のためサラモア基地を出発した水雷艇二隻が、敵機の妨害にあってひきかえし、また、駆逐艦も被爆して沈没したので、いよいよ、この方面の輸送も舟艇機動のほかは見込みがなくなってきた。

それでも、陸軍はあきらめないで、ブナ方面に第二十一旅団を増派するために、駆逐艦輸送の協力を要請してきた。海軍は「ガ島の二の舞になりたくないから、まず敵の飛行場を奪取してからにしてくれ」と答えた。それにたいして陸軍は「現兵力と装備では、飛行場が奪えないから、増援部隊を送りたい」という。最前線でこんな問答をするようでは、もう負けたも同然であった。

しかし、だからといって、友軍を見捨てることは許されなかった。十二月一日、わが駆逐艦四隻が勇を鼓してブナ輸送に出撃したが、はたして敵機の激しい妨害にあい、一部の陸兵を揚陸しただけに終わった。ブナの弾薬や装備は、いよいよ底をついてしまった。

十二月四日、第十八軍司令部は、ブナに進出して陣頭指揮をとる決意をかためて駆逐艦に乗艦したが、八日、駆逐艦「朝潮」と「磯波」が、敵機の爆撃でひきかえしたので、ブナ方面の海上交通は事実上途絶してしまった。そしてこの日、ブナ北方バサブアの守備隊が玉砕した。それでもわが軍は、ブナ救援の希望を捨てきれずに、十四日、さらに駆逐艦五隻をもって陸兵八〇〇名と弾薬糧食を急送したが、あいかわらずの敵機の妨害のために、ついにブナには進入できなくて、その北方数十マイルの地点に、かろうじて揚陸されたのである。

あけて昭和十八年一月二日に、ブナの陸海軍守備隊は「皇国の弥栄を祈願する」という悲壮な電報を打って、全員玉砕してしまった。ところが、一月十三日になって、南東方面軍はブナ付近の残存部隊にたいして、撤収を命じたのだから、まことに不可解な話というべきである。

ブナ方面作戦参加総兵力は、陸海軍合計一万五九〇〇名で、そのうちオーエン・スタンレー機動の間に四五〇〇名、ブナ周辺の戦闘で八〇〇〇名の将兵が戦没して、撤収できた人員は、わずかに三四〇〇名という無残な敗北であった。

ここで、遠い離島の戦いで、わが軍の司令部がおこなった作戦をかえりみると、まず少ない兵力をさきに揚げておいて、敵がきて苦戦になると、小出しにに増援部隊をつぎこむ。やがて補給が途絶すれば、前線の守備隊は玉砕してしまう。もし少数の生存者があれば、これを撤収させる。そのいずれかの繰りかえしであった。

これは、大戦のはじめから「敵の物量にたいして、わが方は肉弾で対抗してゆく」と、最高作戦指導部がひそかに決定した方針のためであり、全将兵が背負わされた宿命であった。

わが国の戦争の歴史で、かつて玉砕がこれほど多く繰りかえされた例はない。しかも最後の最後まで、だれもそれにストップをかけ得なかったばかりか、広島、長崎の原爆で、ようやく戦争中止の口実をみつけるあたり、戦争指導者たちの人間ばなれした感覚は、おそるべきものであった。

4　駆逐艦の墓場

ニュージョージアへ緊急輸送開始

昭和十七年の暮れに、中央で「ガダルカナル島撤退後の、ソロモン方面の防衛主線をどこにおくか」ということを、陸海軍が打ち合わせた。

陸軍は、「ガ島敗北のくりかえしを避けるために、ラバウルの線まで下がったほうがよい」といったが、海軍は、「ラバウルの防空のために、遠い中部ソロモンの線を維持すべきである」と主張してやまなかった。

陸軍としては、ガ島で大量の実兵を失った苦痛が骨身にこたえたのだが、海軍は、航空戦はともかく海戦では、アメリカ海軍と対等の戦闘をやってきたので、まだ負けない自信があったのであろう。

しかし、こまったことには、ガ島でわが軍が押し切られてしまったことに対する、謙虚な反省と考察が足りなくて、そのうえさきの見通しもあまく、あいもかわらず、なんの裏づけもない強硬論が幅をきかせて、海軍の大まかな意見がとおってしまった。

昭和十八年二月上旬、ニュージョージア島に、海軍第八連合特別陸戦隊四〇〇〇名、設営隊三六〇〇名と、陸軍部隊六〇〇〇名が進出して、ムンダの海岸にちかい平地をえらんで飛行場の造成に着手した。

いうまでもなくガ島以後の戦局は、連合軍の追撃戦であり、わが軍の退却戦であった。したがって追う側は、孫子のいわゆる「後は脱兎の如くにして、敵人拒ぐに及ばず」の勢いで、相手にたち直るすきをあたえずに攻めたててくることは、戦術の常道であった。

しかも、ガ島を撤退したすぐそのあとで、のこのこと隣の島に飛行場をつくりはじめるような愚かなことを、連合軍が黙って見逃すわけがなかった。はたして陸軍の心配したとおり、陸海軍守備隊がニュージョージア島に上陸するその出鼻に敵機の来襲があり、三隻の輸送船のうち一隻は沈没、一隻は炎上するという損害が発生した。せっかく上陸したニュージョージア守備隊は、たちまち弾薬と糧食が欠乏してきたので、これに緊急輸送をおこなう命令をうけた私の乗艦「村雨」と「峯雲」はトラック島を出港し、三月二日の朝、はるばるラバウルに到着した。

ラバウルに着くとすぐ、両艦は、米を詰めたドラム缶を二〇〇本ずつと、二五ミリ機銃弾や缶詰食糧などを上甲板に満載して、三日夕刻、ソロモン諸島中最大の島で、同諸島の最北部に位置するブーゲンビル島にむかった。

南緯六度付近の赤道無風帯の夜の海は静かで、星が美しかった。その華麗な星群にみとれているとき、私は、ふと、九州にいる家族のことに思いをはせてしまった。しかし、今めざしている海域が、ガダルカナル島作戦以来、われわれにとって、駆逐艦の墓場といわれるほど危険な場所であることに気がついて、いそいでその想念をふりはらった。

明け方に起きて艦橋にでると、前方の水平線の低い横雲の上に、うす紅色の朝焼けがひろがり、その中にブーゲンビル島の三〇〇〇メートル級の高山の、三角形の濃紺のシルエットがくっきりと頭を出していた。その肩から下に、白い靄の布団をかぶって、日本の四国の三分の一くらいあるこの大きな島全体が、まだ深い眠りからさめやらぬ様子で横たわっていた。

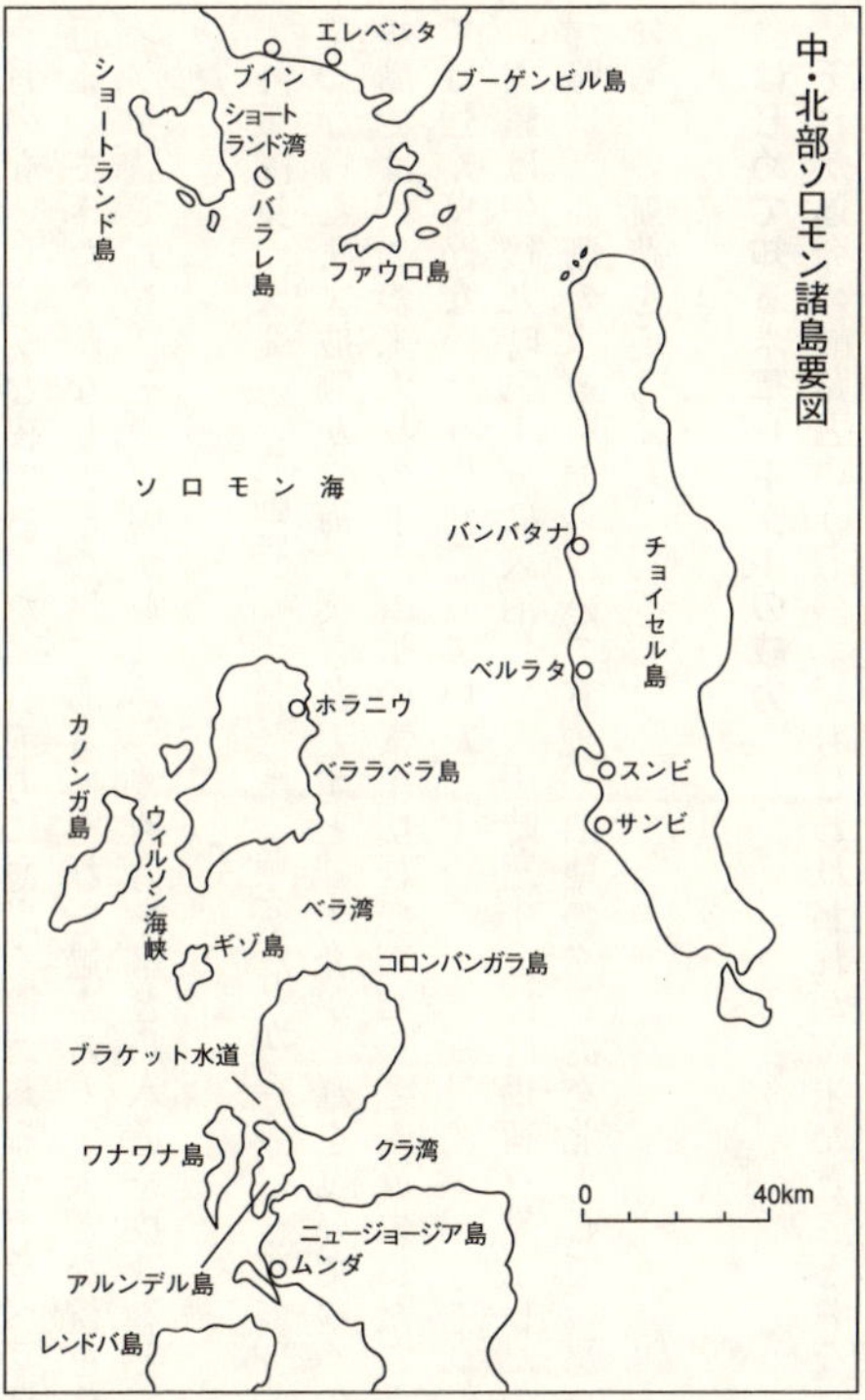

中・北部ソロモン諸島要図

ブーゲンビル島のショートランド泊地に錨を下ろした両艦は、一日おいた五日の夕刻、連合軍の哨戒機がガ島に帰投したころあいをみて同泊地を出港し、速力三〇ノット（時速約五五・六キロ）針路一二〇度で〝ソロモン街道〟を一路、コロンバンガラ島めざして突進した。

月のないしずかな夜であった。右前方に薄黒く横たわるベラベラ島が、みるみるうちに近よってきた。かなり大きな島である。それを過ぎると、大きな椀を伏せたようなコロンバンガラ島である。その西側からはいって速力を落とし水道を抜けると、すぐ目的の泊地に着いた。

陸戦隊員が大発（大発動艇）十数隻で、艦をとりかこんだ。米をつめたドラム缶をロープでつないだまま舷側から海に突き落とすと、大発がそれを曳いてゆくのである。ガダルカナル島では、この米入りのドラム缶の索が切れて、たくさん流失したことがあったので、ここでは強く曳かないように注意していた。

両艦は午後九時三十分に入泊して、十時三十分には揚荷を完了したので、すぐ出港した。帰路は、西側の水道を通らないで直接、泊地のクラ湾を北上して〝ソロモン街道〟にでるのにちかい航路をえらんだ。

はじめて知る米軍レーダーの威力

それが運命の岐路というもので、もしわれわれが、来たときとおなじ航路を帰っていたら、この夜の海戦は起こらなかったであろう。

さて、両艦は、無事任務を果たした満足感と安心感にくわえて、ここが危険区域であるという警戒心も手伝って、一刻もはやくこの場から遠ざかることを考えた。出港後三〇分して、針路を北東から北に変えた。これで、コロンバンガラ島の岸から五海里（約九キロ）を離すことになる。駆逐艦は速力を二六ノット（時速約四八・二キロ）に上げた。

「村雨」はタービンの回転を上げるために、ボイラーのバーナーを増やして燃焼力をたかめるので、ボイラー・ルームに吹きこむ強圧通風のファンが、ものすごいうなり声をあげはじめた。そのファンのリズムにあわせて艦はしだいに加速されて、鏡のような海面を滑るように〝ソロモン街道〟めざして快走した。

タービンの回転が整定して艦が復航路に乗ると、「村雨」の艦橋にはくつろいだ空気がしずかに流れた。その艦橋では、羅針儀の右前方が私、左前方が橘正雄司令の、それぞれ艦を、あるいは駆逐隊を指揮するときの、定位置になっていた。羅針儀のすぐ近くには航海長の遠藤進大尉、その後方に砲術長兼先任将校の鹿山誉大尉、水雷長の鯉沼和男大尉らが立っていた。

その時、東方のニュージョージア島のはずれの、水平線に高くもり上がった入道雲の下のあたりに、キラッと稲妻のような閃光が扇型にひろがって消えた。

「あれは何だ」と、だれかが大声で叫んだ。

「稲妻にしては、色がすこし黄色いな」と、私は思った。

突然、空気を切りさいて、耳を聾するばかりの鋭い摩擦音があたりを圧して迫ってきたと思うまもなく、「村雨」の左舷斜前方三〇〇メートル付近の海上に、轟然たる大爆発音とともに巨大な水柱が、横なぐりに走るようにつぎつぎとしぶきをあげて、七つ八つたちならんだ。

「爆撃だ」と、だれかが叫んだ。私は、とっさに「最大戦速、対空戦闘!」と発令して、見張兵に敵機をさがさせた。

そのとき、東方の島影に薄い黄色い発砲の閃光が七つ八つ光ったが、ふと見上げると、青い光が四つそろって、こちらにむかってとんできた。そして先刻とおなじ鋭い響きが、またもや空から襲ってきた。見張兵は、この青い火をみて、てっきり、敵の四発爆撃機のエンジンの排気炎だと思ったのだろう。「敵の飛行機右八〇度、こちらに向かってくる」と報告した。

この虚像の敵機は実像の敵機として艦橋に伝えられ、そして連鎖的にいま島影にみえた発砲の閃光を、ニュージョージア島の友軍の高射砲陣地の対空砲火だ、と思いこませてしまった。この瞬間、敵の艦隊が、すぐそこまできているのを、こちらは全然知らなかったのだから、まったく話にもならなかった。

これは太平洋戦争において、海上の夜戦に、レーダーの有無が勝敗に決定的な影響をあたえた数ある戦例の中でも、初期の部類に属するものであった。

「村雨」ついに被弾、沈没

われわれが、まったく虚をつかれた、まさにこの時点において、はたして米艦隊は、どのような臨戦態勢にあったのか。さいわい、それを戦後発刊されたアメリカのモリソン博士の『海軍作戦史』が記述しているので、参考までにつぎに紹介してみよう。

〈三月五日の夜、米海軍のA・S・メリル少将の指揮する第六十八任務部隊は、軽巡「モントペリエ」「クリーヴランド」「デンヴァー」の三隻が一列の単縦陣をつくり、その前方に駆逐艦「ウォーラ」と「コンウェイ」が、後尾に「コニイ」が、それぞれ占位した警戒航行序列でガ島から〝ソロモン街道〟に進入した。

同時に、三機の夜間偵察機「ブラック・キャット」が触接と偵察のために、同隊の上空に飛来して、日本側の水上部隊の有無を空から見張った。さらに、クラ湾の出口に、潜水艦「グレイバック」と「グランパス」の二隻を配備して、その夜、クラ湾からでてくる日本の艦船を捕捉攻撃する態勢になっていた。

アメリカの南太平洋部隊指揮官ハルゼー海軍大将は、日本軍のガ島撤退後、いそいでニュージョージア島に飛行場を二ヵ所も造成しているのを阻止するための最も有効な手段として、これらの二基地を、たえず艦砲射撃で痛めつけておくことを考えた。この艦砲射撃は、駆逐艦四隻で一五分間に五インチ砲弾一五〇〇発以上を射ちこむ威力があった。総弾量を約六〇トンとみると、爆撃機六〇機分の爆弾に相当する。もしこれに巡洋艦をもってくれば、効果はさらに大きくなるわけである。

ハルゼー大将は、この任務をメリル少将に授けた。メリルは、謙譲な人柄で、いつも控え目にやさしい声で人に話をしかけるが、ソフトな外見に似あわずダイナミックな精力を内にひめていた。彼は、部下戦隊の砲術訓練にとくに力をそそいでおり、砲戦にかんしては、かなりの自信を持っていた。

同夜八時三十分ころ、旗艦「モンペリエ」の艦内スピーカーが、米海軍の行進曲「錨を上げて」の一節を、勢いよく鳴らした。つづいて米軍のガ島基地のラジオ・ニュースが「ただ今はいった臨時ニュースを伝える。今日夕刻五時十分ころ、日本の巡洋艦、または駆逐艦が二隻、ショートランドを出港し、高速力で南東方にむかった。以上」と報じた。

メリルはニュースを聞くと、ただちに首席幕僚をよんで、「この敵艦は、今からわれわれが砲撃をくわえる地点へ補給物資を持ってやってくるものと思う。しかし敵基地砲撃は予定どおりにおこなうから、各艦にその旨を伝えよ。なお今夜は、敵に出会う公算がきわめて大きい。各艦に、いっそう警戒を厳重にするよう、指示せよ」と命じた。

メリル部隊は、ニュージョージア島の距岸二海里（約三・七キロ）ぐらいを、針路南西微南、速力二〇ノット（時速約三七キロ）で、クラ湾にはいった。旗艦の航海長は、対陸上射撃開始地点到着時機を見さだめるために、電探員を指揮してレーダーでコロンバンガラ島南端のブラッケット海峡付近の日本軍基地の距岸距離を探信していた。

十時五十七分、方位二三四度、距離一万五二〇〇ヤード（約一四キロ）に、島らしい物の映像をキャッチした。海図でチェックすると、その方位にある島はサザンボキ島であるが、もしそうだとすれば、距離は二万ヤード（約一八キロ）あるはずだ。

そこで航海長が、もう一度その映像を確かめると、一分後にそれは北にむかってかなりの速度で移動していることがわかった。同時に、数秒後に、その映像が二つに分かれたので、もはや疑いもなく、二隻の艦船であると判断して、いそいで艦長に報告した。艦長の報告をうけたメリルは、これをラジオが報じた日本の巡洋艦二隻と断定して、十一時一分、部下部隊に射撃開始を命じた〉

敵艦とわかると、にわかに闘志がわきたったものの、しかし私は、たちおくれを無念に思った。気をとりなおし、とっさに声を励まして、「右砲戦、右八〇度、反航する敵艦に射撃開始」と号令した。

「村雨」の一二・七センチ砲五門は、いっせいに火を吐いた。同時に、私は、いくぶんほっとした。それは射ち返すという行為が敵と対等に渡りあうのだ、という心理をよびさましてくれたからであろう。

そのとき左舷斜後方の海上が急に明るくなったので、私は反射的にふりかえった。そこに見たのは、なんという光景だろう。無惨凄絶といおうか、僚艦「峯雲」が、艦橋のうしろから後檣のあたりまで、真紅の炎に包まれているではないか。その瞬間、「村雨」にも、多数の敵弾が命中して、私は、丸太棒で右腕を力いっぱいなぐりつけられたようなショックを感じた。砲弾は、情け容赦のない、あの傍若無人なうなり声をあげながらしきりに飛んでくる。命中するごとに艦全体を水しぶきでつつんで、艦をゆさぶる。

「こういうときに死ぬのは、弾にあたって、あっという間に消滅するのだな」という考えが脳裏をかすめた。

その時また、艦橋を中心に多数の敵弾が命中したが、一発は一番砲の下の、揚弾室内で破裂して、砲塔内が一瞬にして火の海になり、砲塔壁の丸窓から三〇センチくらい火炎が吹きだしたが、そのあとその砲はピタリと動かなくなった。全員が戦死したのである。

耳を聾する轟音と、その後もつづく命中弾の上げる火煙と、船体のはげしい震動。探照灯や発射管などが、つぎつぎに破壊されていったが、「村雨」の生きている砲は、なおも火を吐きつづけた。

どのくらい時間がたったのか、それはずいぶん長いようにも思えたが、激しい夕立が通り過ぎたあとのように、急に、あたりが静かになった。妙にひっそりとした感じだ。「おやっ」と思って、目の前の二つの主機械回転計をみると、両方とも針はまっすぐに立って、零を指していた。万事休すである。数十発の敵弾は、主蒸気管やボイラーを破壊して、機関室に壊滅的な損害を与えたのであろう。機関室内では、高圧高温の水蒸気がはげしく噴射していた。伝令に、機関室を電話で呼ばせたが、なんの応答もなかった。

「村雨」の船足は急速に落ちた。

二番煙突から、すさまじい火炎が高く吹き上がっている。煙突の胴体が、みるみるうちに、網の目のようになって、無数の小さな孔があいて火を吹き出すと、どっとくずれて焼け落ちた。火炎は爆発的に横にひろがって、艦橋の方に押しよせてきた。

甲板士官が「使えるカッターが一隻残っている」と報告してきたので、とりあえず負傷者を優先的に乗せるように指示した。

明るく燃える炎に照らされて、白い作業服を着た兵員を満載したカッターが、暗闇の中に姿を消してゆく。カッターが見えなくなると、あらためて、艦橋の内側を見まわして、士官たちに怪我の有無をたずねた。水雷長の鯉沼大尉が、肘(ひじ)のあたりを押さえているほかは、だれもかすり傷一つ負っていない様子である。あれだけの集中弾雨を浴びながら、よくも艦橋は無傷でいたものだ。

激しかったボイラー・ルームの火災は、いつのまにか消えて、あたりはまた、もとの暗闇にもどっていた。浸水のために火が自然に消えたらしい。

甲板士官が、艦橋に上がってきて、口ばやに報告した。

「後部は上甲板が水に浸りはじめました。本艦の沈没まで、もうあまり時間はないと思います」

「航海長、いちばん近い陸岸まで、何海里あるか」

「ちょうど五海里（約九キロ）です」

懐中電灯で海図を照らして確かめながら、遠藤大尉が答えた。

「上甲板は全部水に浸りました」と、鹿山大尉が息せき切って報告にきたので、ついに私も意を決して、橘司令に「もうこれまでのようです。号令をお願いします」と告げた。

司令は、しずかにうなずくと、大声で命令した。

「総員退去」

つづいて私も、伝令兵に「陸岸まで、わずかに五海里である。みな、なにかにつかまって泳げ」と、号令をかけさせ、艦橋の将校たちに「みな行ってくれ」と告げた。

艦橋には、橘司令と私の二人だけがのこった。沈黙がつづいた。しばらくすると、沈黙を破るように、司令は煙草にぽっと火をつけると、「どうも申し訳ないことになったなあ」と、ぽつりといった。

私の胸の中には、さまざまな想念が去来していた。この大戦で艦と運命をともにした艦長の名を思いだした。そして、救助された艦長のほうが、はるかに多かったことも思いだした。

「とうとう、自分の番がきたな」と、なんとはなし、腕から胸、足元をみつめた。艦と運命をともにするもよし、泳いで生きてふたたび戦うもよし、いずれも天命なのだ、という思いが、静かに胸の中に沈潜した。

しかし一方で、「姿も見せずに、いきなり至近弾を射ちこんできた、敵のふしぎな射撃のやり方と、この海戦の模様は、なんとしてでも、艦隊司令部に詳細に報告する義務がある。それは、次の用心のためにも、絶対に必要だ」という考えが、熱っぽく私の頭を占めてきた。

突然、艦橋が持ちあがりだした。艦は艦尾から沈みはじめたのだ。ガタンガタンと物が転がりだした。

「司令、巻きこまれますから、うしろにお出になりませんか」

「うん、そうするか」

司令と私は、艦橋のうしろの旗旒（きりゅう）信号甲板に出たが、ここはもう首まで水がきていた。靴をかかとで蹴って脱ぐと身体が浮いたので、背泳ぎでうしろむきに泳いで艦から離れた。

5　海上漂流二〇時間

暗い海面を流れてくる軍歌の合唱

燃えないで残った一番煙突の白い横線が、夜目にもはっきり見えている。

「お世話になった。ありがとう。さよなら」

惜別の思いが、急にこみあげてきた。じっと目を凝らして見ていると、突然、艦首がたかくせり上がってまっすぐに立った。ああ最後だな、と思うまもなく、艦首はスルスルと海面に吸いよせられ、そのままの速度で姿を消してしまった。あたりに波紋がひろがりはじめた。

そのうち、異様なことが起こった。思いもかけぬことだったが、それは、沈んでゆく船体から、海中ふかくで離れた応急処置用の材木が、水面めがけて、激しい勢いで浮き上がってくるのである。浮き上がるというよりも、跳ね上がってくるのだ。

ここは、水深が四、五〇〇メートルのところだから、数百メートルも下から浮いてくると、水面にたっするころには相当の加速度がついているわけで、私の周囲の水面に、しぶきを上げて長さ四メートルくらいの円材、角材、厚板などがとびだしてくる。それらが、十数メートルも空中に跳ね上がって、また、水面に音を立てて落下するのである。「こんな物で、下から突き上げられたら、おしまいだ。弾丸よりこわいな」と思った。

しかし、この危険な騒ぎは、数十秒でおさまってくれた。だが考えてみると、これから始まる遠泳は、どんなに大変なものだろう。私は作業服の上下を脱いで、縮のシャツとステテコだけになった。これなら泳ぐのに支障はない。

いくら熱帯の海といっても、皮膚をむき出しにして長時間泳ぐと、海水が直接肌から体温を奪いさるので、ついには疲労困憊してしまうが、うすいシャツを着ていると海水と肌とは直接触れないし、またシャツと肌とのあいだの暖まった海水がフィルム状になって肌をつつんで、体温の逃げるのをふせいでくれる。戦訓資料でこのことを読んでいたので、それに従ったのである。

海水は暖かであった。たくさんの乗組員がいちどにとびこんだので、まるで公衆浴場のような騒ぎであった。皆、はしゃいでいる。「やるだけはやったんだ。こんなことになったが、どっこいまだ生きてるぞ」と思っているのであろう。

暗い海面で、あちこちで軍歌の合唱がはじまった。

「勝って来るぞと勇ましく、誓って国を出たからは……」となかなか、威勢がよい。

七、八人でぎっしり固まっているグループがあった。みなでなにか浮く物をつかんでいるようなので、間にはいって、手でさわってみると、それは分厚いわら布団だった。「おい、このわら布団は、あと二時間もすれば、水を一杯吸いこんで沈んでしまうぞ。こんな物をあてにしないで、そこらに板切れや丸太がたくさん浮いているから、それをさがしてつかまれ。

まだ先は長いぞ」と注意した。これも戦訓資料から学んだのであった。

さいわい私は、泳ぎには自信があった。中学三年生の夏、日本海の小浜湾で、一〇マイル遠泳に合格するという実績をもっていた。それに水は暖かいし、仲間もたくさんいる。味方のいるコロンバンガラ島の標高一六〇〇メートルの山が、星空に、くっきりと見えている。その山を目標にすればよいのだ。私は平泳ぎでゆっくりと泳いだ。何時間かたった。東がわずかにしらんできた。が、そのときはじめて気づいたのだが、あたりが妙に静かになっていた。

これは大変だ、皆いなくなっているではないか。「あんなに賑やかに騒いでいた連中は、どこに行ってしまったのか？」と思うと、急に心細くなって、いそいで周囲を見まわした。そして、やっと仲間を見つけた。向こうの水平線に一人、こっちに一人、あっちに一人と、自分を中心にして、四、五人の頭が見つかった。

水平線といっても、駆逐艦の艦橋から見える水平線の距離は一〇キロメートルもあるだろうが、泳いでいるときの目の高さでみる水平線だから、せいぜい、一キロメートルくらいのものであろう。ごみを水面に捨てると、しだいにひろがって漂流する現象があるが、それと同じに、部下たちもひろい海面に分散して行ったのだと思うと、ちょっとこっけいな気がした。

海上遥かに敵機の猛爆ぶりを望見

太陽が真上にきた。

昨夜われわれが補給に行った味方の飛行場のあたりに、敵機が来襲して、急降下爆撃をやっているのが見える。それは、広い海の上から、パノラマを見物しているような感じだ。

そのうち、太陽の光線が、じりじりと激しい熱さを増しはじめた。舞帽の頭をたえず海水でぬらしていると、目が焼けるように痛くなってきた。目を海水につけると、刃物で切るようにひりひりと痛むので、指先に唾(つば)をつけて、そっとなでるのだが、昨夜から水を飲んでいないので、口の中はからからに乾いて、ねばっこい唾液がちょっぴり指先につくだけであった。

三人の若い水兵が、二本の長い丸太を両わきの下に抱きこんで、立った姿勢で一列になって、両足を交互に、自転車のペダルをふむような格好で、水をけりながら、やってくるのに出会った。なかなか要領のよいことをやっているな、と思ったので、私もその仲間に入れてもらい、掛け声をかけて、足で水をけってみた。はじめのころは、調子よく前進するように思ったが、三〇分ほどやってみても、目標の山頂の高角が、すこしもふえないばかりか、岬との関係位置から判断して、自分たちは、だんだん沖の方に流されていることがわかった。すでに、太陽は傾むきはじめていた。

暗くなる前に、陸に着かねばならぬと思ったので、この組の人数を二分して、二人で丸太を一本ずつ持つことにしてみた。ところが、棒一本では、一組の者たちが、前を向いて垂直の姿勢がとれないことがわかった。それではと、横になってみると、二人の足の水をける力をあわせることがむずかしく、たちまちバランスをくずして、棒が左右に頭を振って、思うように進まないのである。

「しまった」と思ったので、いそいで、もう一つの組を呼んだが、潮の流れのためか、二つの組は、けんめいに接近を試みるのだが、どうしても及ばない。そのままみるみるうちに離れて、ついに、たがいに手の届かないところへ遠ざかってしまった。

　私は、あきらめて、残った一人と何とかペースをあわせて陸地へむかったが、途中であまりに目が痛むので、一息いれて休んだ。残った若い水兵は、丸太に腕をかけて、さも疲れたように、「ああまた今夜も、この冷たい水の中に、おらねばならんのか……」とつぶやいた。半分ねむっているらしい。

「おい、そんな弱いことをいっちゃ、だめじゃないか。陸はもう、すぐあそこに見えている。お前はまだ、二十そこそこだろうが、このわしは三十四歳だ。若い者がなんだ、そら、元気を出すんだ、元気を」と、少し力を入れて励ました。彼は、急に眠りからさめたように目をひらいて、二、三度うなずいた。

　ここで私は、つぎのように判断した。つまり、この潮の流れには、強弱のベルトがあるにちがいない、そして、そのベルトは、単身で浮きを持たないで、体の水中抵抗を少なくして、力泳して乗りきるほかに方法がない、と。そこで、さっそく丸太を水兵にかえした。

「わしは、これから、ひとりで岸にむかうから、お前はあとからやってこい。丸太は、最後まで絶対に手から離すなよ」といいのこして岸に向かった。

　めざす海岸は、だいぶ近くなった。先刻までは岸辺の植物が、水辺に根をはったマングローブ樹のように、ぼやけて見えていたのが、それがじつは椰子（やし）の木であることがわかり、しかも、その幹が一本、一本、はっきり見えるようになった。例の戦訓資料によると、泳いでいて、海上から、椰子の木が、このように見える状態の距岸距離は、およそ三キロメートルだという。

前年の秋、この方面で某先輩が、やはりそのくらいの距離まで皆といっしょに泳いできて、そのあとついに、陸には上がってこなかった、という話を聞いていたので、「これからが、いよいよ正念場だぞ」と、自分にいいきかせた。

陽いよいよ傾いてきた。

疲れてきた。海岸が目の前にひろがって、赤い屋根と白い壁のバンガローが一軒見えているのだが、なかなか近づけない。

ふと見ると、すぐ手前の海上に、浮標らしいものが、五、六個浮いている。すこし近よってみると、それは、ときどき色が白になったり、黒になったりする。おかしいな、と思ってさらに近づくと、「おい」とか「そうだ」とかいう日本語が水面を流れてきたので、しめた、とおもい、「おーいッ」と大声で叫ぶと、その浮標らしいものがいっせいに黒一色になった。よく見ると、それはみな人の顔であった。

仲間だったのだ。白く見えたのは白い戦闘帽で、頭がむこうを向くと白く見え、こっちを向くと日焼けした顔が黒く見えたのである。彼らは、丸太と綱で、筏(いかだ)をつくり、それに片方の手足をまきつけ、空いた方の手足を動かして、水をかいていたのである。七、八人乗ってさっきから力をふりしぼっているようだが、やはり潮流のベルトにさえぎられているようであった。

それでなくても、筏に人間が多過ぎるので、沈んでなかなか進まない。いっそ泳げる者は、筏をはなれて、身軽になって力泳したほうが、はるかに効果が多いだろう、と思ったので、彼らに、むりには勧めないが、腕に自信のある者は編隊遠泳の要領で岸まで泳いでいってみないか、と提案した。すると三人の兵曹がそれに応じたので、私が先頭になって泳ぎはじめた。しかし、この編隊の組み方は悪かった。この場合は、スピードの一番おそい者を先頭に立て、うしろから、みなで押すようにして列を進めなければ、隊列がととのわないのである。

やがて皆は、私の速度についてこれなくなって、一人減り、二人減りして、結局、みな筏にもどってしまった。仕方なく、私は、ひとりで岸へむかうことにした。

孤独な時間がやってきた。しばらく行くと、潮の流れがかわってきた。それが陸の方から吹いてくる風とぶつかって、三角波のようになって海面がたちさわぎはじめた。波がしらが噴水のように砕け散って、しぶきが目や鼻にひっきりなしに入ってくる。苦しくてたまらない。しかも、動きのにぶった手足が、この厄介な波を乗りこえるだけの浮力を身体にあたえる力を失いかけてきている。呼吸をするために、鼻孔を波の上にだすことだけで精いっぱいだ。ちょっとでも力を抜くと、たちまち額まで水面下に沈んでしまう。それは、身体が異常に重くなったような感じであった。

「これは危ない。あせるな、あせるな」と自分にいいきかせた。そして、気を落ちつけるために、あおむけになって、水面に浮き身をして、身体を休ませてみた。

これは、思いもかけぬ成功だった。前夜から、重い頭を水面に突き上げて、垂直にささえてがんばりつづけてきた首根っ子が、浮き身のおかげで、頭の重量から突然、解放されたのである。あっというまもなく、すべての緊張感が、欲も得も放りだして、全身から、音をたて抜けていった。それは、心地よく吐きだされた最初の息に、たっぷり乗って出ていったようである。

しかし同時に、胸部が縮小して、浮力がマイナスになった身体は、ズーンと沈んで、あおむけの顔は、そのまま水面下に引きこまれた。そのとき、思いきり息を吸ったから、大変である。辛い塩水を鼻の奥まで吸いこんで、あわてて、かっと目をひらいたら、すりガラスのような海面の裏側が上の方で光っていた。がばっと跳ね上がって、手足をもがいて夢中で水面に突進した。

ようやく元気をとりもどした。やがて、風も凪いで、夕暮れの海は静かになった。スイスイと気持ちよく泳げるようになった。

満天の星の下、ついに孤島に漂着

前方の海岸に、白いシャツの人影が、ちらほら動いている。先に陸についた仲間たちが、たくさんいるようである。あちこちで、大声で呼びあう元気な声が聞こえる。今夜は、ジャングルの中で皆といっしょに、ぬくぬくと枯草をかぶってゆっくり手足をのばそう、などと考えながら心は急ぐのであった。やがて、岸辺の丘が高く見上げられるところまで近づいたころには、空には一面にきれいな星が輝いていた。海底では、浅い砂地が、真珠色の光を放っていた。

突然、ガサッと足が砂地にふれた。そこは珊瑚の裾礁であった。海岸から二重、三重にこの裾礁が、陸地の縁をとり囲んでいるのである。外側の裾礁の砂地が浅くなったので、私は両足で立ってみたが、足がなえていて、すぐひっくりかえってしまった。這いつくばって進むと、また海は黒ぐろと深くなったので、そこを泳いで渡って、内側の裾礁の雪のように白い砂地に立ち上がった。やっと大地に足がついた感触を、足の裏にじっくりと感じとった。

もう、そこから一〇〇メートル以内に岸辺が見えている。ついに助かった、という安心感と、自力で二〇時間余を泳ぎきったという誇らかな快感。

ゆっくり足で水をけりながら歩いてゆくと、目の前の浅い海底を、銀色に輝く長さ一メートルくらいの海蛇(へび)が、うねうねと流れるように、こっちに向かってやってきた。ギョッとして、横っ飛びにジャンプして逃げた。そして、いままで鱶(ふか)の恐怖さえ念頭になくてここまで泳いできたのに、たかが海蛇ぐらいに、と思わず苦笑してしまった。

とうとう岸にはい上がった。海岸はせまく、すぐそばにジャングルが迫っていて、暗闇の中で樹木は吹きまくる海風にザワザワと葉を鳴らしていた。

熱がでたのか、ぞくぞくと悪寒(おかん)がするので、シャツとステテコをぬいでかたくしぼって体中をしっかり拭き、またそれを身に着けた。

あたりには、まったく人影が見えない。

「おい、だれかいるなら、出てきてくれ」

叫んでみたが、ジャングルの中からは、一言の応答もかえってこない。

夕方、海上から見たときには、このあたりには十数人の人影があったはずだが、みな一体、どこに行ってしまったのだろうか。ふと、少しはなれた海岸の高い木立を見上げると、そこに高いやぐらを組んだ見張台のようなものがあり、黒い人影が、動いたように感じた。目を凝らしてみると、人影は、黒い雨合羽を着て、銃剣をかまえている哨兵のように見えた。

そのとき「だれかっ」という声がして、黒い影が、暗闇からでてきた。

「わたしは、『村雨』の艦長だが、君はだれか?」と尋ねると、「ああ、艦長ですか、わたしは田中一等水兵です。三〇分ほど前に、ここに上がってきましたが、だれもいないので、そこで休んでいました」と答えた。ああ、田中も生きていてくれたか、と私は無性に嬉しくなった。

「よい場所がありますから、ご案内します」という田中の肩に手をかけて歩きながら、「あそこに、哨兵がいるじゃないか」というと、田中は立ちどまって、星あかりをとおして立木の方をすかして見ていたが、首をふりながら、「あれは、木の枝が突きでているだけで、何もありません。艦長は疲れておられるから、早く休まれたらよいでしょう」といって、こまかい砂地の岩陰に私をつれていった。

たしかに心身は疲れ果てて、もうろうとして幻覚を感じていた。

砂場にはいるとき目の前に、花園の美しい薔薇のアーチがみえたので、「きれいだなァ」というと、田中はけげんそうに、「べつに何もありません」という。いや確かにある、と私は主張して、そのアーチを片手を伸ばしてさっと払うと、それは上の方から垂れ下がっている一本のとげの多い太い籐の茎であった。また、その奥に籐の寝椅子がみえたので、近づいてよく見ると、それは小さな水溜りに空の星が映って光っていたのである。

田中が、砂を盛りあげて枕をつくり、芭蕉の葉をあつめて敷きのべて寝床をつくってくれた。私は、泥のようにねむった。

三日後、コロンバンガラ基地へ収容される

ガヤガヤと人声がするので目がさめた。五、六人の半裸の男たちが、私をとりまいて立っていた。やはり昨日さきに上がっていた、仲間たちであった。

日はすでに、高く上がっていた。私は、彼らと赤い屋根のバンガローに行くことにして、ジャングルの中に足を踏み入れた。裸足で道のないジャングルを歩くのは、楽でない。

突然、みなが、「あっ」と声をあげて立ちすくんだ。すぐそばの椰子の木の幹を、長さ四メートルほどの大蜥蜴（とかげ）が一匹、ゆうゆうと登ってゆくではないか。身に寸鉄も帯びないで、こんな代物にとびかかられたら、たまったものではない。

そいつを、そっとやりすごして先に進むと、うっかり踏みつけた大きな木の根が腐ってて、ゴボッと片足を突っこんでしまった。足がチカチカと変に痛むので、急いでひきあげると、長さ三センチくらいの大蟻が五、六匹かみついていた。ゾッとして、あわてて払いおとしたが、頭が足の甲にくいついて残ったのもいた。

何がでてくるかわからないジャングルを、もうこれ以上裸足で歩くのをあきらめて、海岸にひきかえして、海岸沿いに目的の家にむかうことにした。

やがてたどりついたその家は、椰子園の管理人が住んでいたのだが、勿論、空家になっていた。まず真水タンクの水で、昨日一日塩水で痛めた目を、ていねいに洗った。

物置には、椰子の実がたくさん転がっていた。鉈（なた）と、とんがった鉄棒があったので、椰子の実の皮をはいで、鉄棒で孔をあけて椰子の果液をたっぷり飲み、また、裏の菜園から瓜を

みつけてきて、夢中でかじりついた。これでどうやら、人心地がついたのである。

その日は終日、あちらこちらの海岸に泳ぎついた者たちが、このバンガローにつぎつぎに集まってきて、夕方までに、総勢五、六〇人になった。

やがて、暗くなったころ、味方の大発が迎えにきてくれた。大発は、前夜も海上をさがしにきて、私が漂流の途中でわかれた若い水兵たちを、一足はやく救いあげていたことが、あとでわかった。

ともかく、こうして私は「村雨」が沈没してから三日目の晩に、陸戦隊のコロンバンガラ基地に収容されたのであった。

基地の人たちは、あたたかく親切に迎えてくれた。なけなしの食糧品の中から、甘い乳酸飲料や缶詰の肉や握り飯などをご馳走してくれたが、ここが最前線の一番苦労の多いところであることを思うと、すまないような気がして、彼らの善意がジーンと熱く骨身にこたえるのであった。

三月八日になって両艦の生存者の集計をまとめたが、コロンバンガラ島守備隊に収容された人員は、乗組員合計五〇〇名のうち、わずかに一七四名で、戦死者は三二六名にたっした。

その内訳は、つぎのとおりである。

「村雨」　乗員二四五名中、生存者一二九名、戦死者一一六名
「峯雲」　乗員二五五名中、生存者四五名、戦死者二一〇名
生存者の話によると「峯雲」は、沈没の直前に爆発が起こったということである。

多数の戦死者のうち、艦内で戦死した者も多かったが、相当数の者が泳いでいる途中で、

鱶にやられたり、また力がつきて溺れたりした者があったことが、いっしょに泳いだ者たちの話でわかった。

生き残った者たちのあいだに、海戦のあった夜、敵艦隊の引きあげた後に、陸上の守備隊から、なぜ大発を出して救助にきてくれなかったのか、来てくれれば、戦死者の半分くらいは助かったのではないか、という不満の声があった。

しかし、基地指揮官の説明によれば、その晩は米水上部隊が「村雨」「峯雲」と海戦のあとコロンバンガラ基地に激しい砲撃をおこなって、陸上にも相当の被害があり、その方の処理をしているあいだに、夜が明けてしまい、それで心ならずも救助に行けなかった、ということであった。私は、それは無理もないことだと思い、不満をいう者には、「おたがい帝国海軍同士だから、相手の状況も理解してやろうじゃないか」と、なだめたりもした。

そして、奇しくも、それから七ヵ月後に私自身が、この最前線の守備隊の救出にコロンバンガラ島にふたたびやってこようとは、神ならぬ身の知る由もなしであった。

さて、おなじ八日、わが駆逐艦三隻が陸戦隊一個中隊と弾薬糧食一三〇トンを輸送してコロンバンガラ島に来着して、無事揚陸を完了した後、「村雨」「峯雲」の生存者たちを全部収容して、ラバウルに連れかえってくれた。

私は、ラバウルで「村雨」の残務整理をおこないながら、つぎの辞令を待った。

6　海軍第一挺身輸送隊

故国の土

昭和十八年三月二十五日、私は「横須賀鎮守府付」の辞令をうけた。飛行艇で、トラック島から横浜海軍航空隊水上基地に帰着すると、すぐその足で横須賀鎮守府に出頭した。すこし待たされたが、やがて参謀がでてきて司令長官室にとおされた。

そこには、古賀峯一長官と藤田利三郎参謀長と首席参謀らが、椅子にすわって静かに私を待っていた。

その場の雰囲気から、私は、司令長官たちが「村雨」「峯雲」の海戦を、かなり重視していることがわかった。私は、ただちに報告をはじめた。

まず、敵のレーダーによる無照射射撃（探照灯を使用しない夜間射撃）で、手も足もでなかった、わが方の情況を詳しく説明したときは、長官と参謀長は深くうなずきながら憂いの表情をみせていた。

昔から、「探照灯を用いない射撃」は、〝闇夜の鉄砲〟といわれ、絶対に当たらないもの、とされていたが、私がこんど見た米軍の夜間射撃の精度は、わずか二〇分間にわが方二隻を撃沈してしまったので、まさに砲術の革命ともいうべきものであった。前年のソロモン海戦における「霧島」「古鷹」の沈没も、これに類似していた。

結局、ガダルカナル島の敗北は、補給に行った水上艦船が、昼は敵の飛行機にやられ、夜はレーダー射撃で不覚をとらされたことの累積によるもので、今もなお、この状態はすこしも改善されていないものであった。

「わが海軍も、はやく電波探信儀を各艦に備えるように急がせて下さい」

こう長官に訴えて、私は報告を終わった。

参謀長は「電探のことは艦政本部もわかっていて、鋭意、実現を急いでいるので、各艦にも近く装備される予定であるから、その点は心配しないでがんばってほしい」と言った。

私は納得して、長官室を退出した。

鎮守府司令部から、「つぎの辞令がでるまで、東京に滞在するように」との指示をうけたので、とりあえず東京の親戚の家へ行くことにした。その途中、「どうせ、戦に負けてきた奴は、もう一度おなじ場所にやらされて敵をとってこい、といわれるにきまっている。その時はもう生きて帰れんだろう」と思った。

海軍工廠の、おびただしい艦船を造修している電気溶接の火花や、軍港の街の忙しそうな人びとの活気のある動きをみて「戦争とは、いろんな人たちが、いろんな持ち場を、それぞれが一所懸命に守るものだなあ」と、いまさらのように感慨をあらたにした。海軍工廠をみたことから、ふと、ある技術系統の大佐がもらした、つぎのような言葉を思いだした。

「どうも近ごろ、任官したての技術士官が、仕事もろくろく覚えもせんうちに、やたらと結婚するのが多いようだ。おなじく大学をでても、パイロットや陸戦隊や艦船乗組にとられた応召の予備士官は、すぐさま第一線に追いやられるから結婚どころではないだろうが、内地の工廠にいる技術士官たちは直接、生命の危険がないから、すぐ結婚する気になる。それに、女たちも、技術士官となるとだれかれなしに、簡単にとびつくらしい。やはり、未亡人にはなりたくないんだろうな」

もともと、戦争というもの自体が、多くの矛盾をはらんでいる。たとえば、一方で命を的に戦う兵士がいる反面、他方に軍需景気で有卦に入る〝死の商人〟がいるのだ。だから、この結婚の話などは、小さなとるに足らぬ問題かもしれない。

しかし私は、心の中で叫んだ。

「技術屋諸兄よ、この戦争は、いま最後の決戦段階に突入しようとしている。そして、われわれ第一線の将兵は、敵の技術のすぐれた兵器のためにさんざん苦戦しているのだ。技術の方も、一つ、よろしく頼むぜ」

優秀な士官で第一挺身隊輸送隊を編成

東京につくと、目黒の妻の姉の家に行った。玄関で案内を乞うと、出てきた義姉は、私の顔をみるとひどく驚いて、「まあ」といったまま、障子に手をかけて、へたへたとすわりこんでしまった。

「あなたが行方不明になったと聞いていましたので、てっきり……」

義姉は、涙を流しながらいった。彼女の涙でぬれた顔に、佐世保の留守宅で、女手一つで三人の子供たちを守っている妻のおもかげを感じて、私は、不覚にも胸がつまった。

義姉と相談して、妻と、昭和十五年に生まれた末っ子を、電報で佐世保から呼びよせた。そして義姉の家に滞在中、二人を連れて、ほとんど毎日、名所見物や観劇や料理店めぐりなどをした。そうしたことが、愚にもつかない行動であることは、私には、よくわかっていた。それは、形をかえた現実逃避ともいうべきものであった。そのつど、春風が吹きとおるうす暗い寒い街路を、みじめな思いをしながら、帰途についていたのである。

四月二十五日に、海軍省から、「第一輸送隊長に補す」という辞令をうけた。

翌二十六日に、霞ヶ関の海軍省の赤煉瓦の建物と棟つづきになっている軍令部に着くと、三階の参謀たちの執務室にはいって行った。彼らは、デスクにしがみついて、山と積まれた書類に真剣な目を走らせていた。

ちなみに参謀のことを英語ではstaffというが、世間一般の会社の職員もやはりstaffなので、仕事をやる要領は両者とも大差はない。

要するに、いろいろの資料をまとめて整理して、ある仕事（作戦）の手順（作戦計画）を作り上げるのである。そして万一、その手順を誤ると、莫大な金をどぶに捨てるような仕事（作戦）をやることになるのである。

営利会社のスタッフは、こんなへまをやると、いっぺんにくびだが、ここのスタッフは〝親方日の丸〟というか、容易にくびにはならないようである。

それはともかく、「参謀殿よ、しっかり願いますぞ」と心に念じながら、輸送作戦担当の参謀のデスクへ行って来意を告げた。

なにか熱心に調べものをしていた参謀は、顔を上げて私を見ると、

「何だ、種子島じゃないか。貴様が第一輸送隊長になったのか。これは、これは、ご苦労さまじゃのう」と、大抑(おおぎょう)にいった。

それは、兵学校の一期先輩で、おなじ分隊にいたこともある鹿野清之助少佐であった。

「おい、おい、おどかすなよ。一体この俺になにをやれというんだ」

と、私も負けずにやり返した。

鹿野少佐の説明によると、

「南太平洋の前線輸送は、小舟艇を使って連綴(れんてい)基地づたいに、昼は隠れて夜走る輸送手段以外には、方法はなくなった」というのである。

つまり、それは、死地に乗りこむ挺身輸送であった。

私には、その情況はここの参謀たちよりも、もっと良くわかっていた。ついに戦争は、来るところまで来たのである。

鹿野は、私とおなじ日に発令された、第一輸送隊の幹部将校の名簿をだした。それには、

先任将校　海軍予備大尉　熊谷正六

軍医長　海軍軍医大尉　宮坂昌永

主計長　海軍主計中尉　高松敬治

と記載されていた。

機関長と舟艇小隊長などの五名の特務士官と、先発の下士官兵二二〇名、および輸送隊の装備に必要な兵器、弾薬、軍需品などは、すべて横須賀鎮守府で準備するように、軍令部からすでに指示が出ている。あとのことは横須賀に行って直接、司令部と打ち合わせて実施するように、と鹿野は説明した。

そして話がひととおり終わると、鹿野はデスクの上席にすわっている、中佐参謀の高松宮のところへ、私を連れていった。

高松宮は私を見てかるくうなずいて、こういわれた。

「ソロモン、ニューギニア方面の情勢は、いま主務参謀の説明したとおりであるが、われわれは、近いうちに攻勢に転じて形勢を逆転させるつもりでいる。それまでの間は、現に占領しているわが拠点を、どうしても持ちこたえねばならない。そのためには、最前線にたいする補給が絶対に必要である。みなは、第一輸送隊の挺身輸送に大きな期待をかけている。しっかりやってもらいたい」

私は、軍令部をでると、いそいで横須賀に向かった。途中、列車の中でいろいろと考えた。ソロモン方面では、敵は何千トンという輸送船を毎日何隻も持ってくるのにたいして、わが方が挺身輸送する大発は、一五〇海里（約二七八キロ）の遠距離輸送をおこなうためには、一隻でせいぜい五トンくらいしか積めないだろう。また、昼間、入江にかくすことのできる機帆船の大きさは、一〇〇トン積み以上の船は無理である。

軍令部は、現在ラバウルには大発が一五〇隻いて、機帆船も八〇隻ばかりを内地から急送する、といっている。しかしこれは、想像以上にむずかしい輸送作戦になるかもしれない。

横須賀鎮守府では、すでに軍令部から命令がでていたので、私のいうことは、なんでも聞いてくれた。

まず人事部に行って、機関長以下の特務士官をもらうことにする。

人事部員の重松中佐が、特務士官の履歴書の分厚いファイルをもってきて、あらかじめ付箋をつけたものをつぎつぎに示して、私に希望する者を選定させた。

挺身輸送の舟艇隊を指揮する士官として、剛毅果断という素質が望ましいものであるが、重松中佐が付箋をつけていた士官たちは、すべてこの条件を備えている者たちであった。

私は、その中からまず二人をえらびだした。

海軍中尉　庄子規　　剣道五段錬士
海軍少尉　浅見利市　柔道四段

私は、あまり形式にとらわれることは好まないが、この二人の武道の有段者をえらんだのは、彼らが勿論、立派な士官ではあるが、とくに武技に秀でているのは、軍人として、なにか非凡なものを持っているにちがいない、と考えるからであり、また、戦艦でも巡洋艦でも駆逐艦でもない、いわば輸送隊という、地味な部隊の兵員の士気を鼓舞するのに、かならずや好影響をあたえてくれるにちがいない、という確信に似たものを感じたためであった。

つづいて、機関長と機関長付の士官を選んだあと、鎮守府司令部に依頼して、第一輸送隊の仮営舎として横須賀海兵団の倉庫の一部を借りうけることにした。

また、隊員全員をそろえるための所要の日数を見こして、「第一輸送隊員は、五月一日午前九時までに、横須賀海兵団本部前に集合せよ」という通告を発信してもらうように司令部に依頼した。この通告は、士官にも下士官兵にも、それぞれの前の所属部隊へ、信号または電報で迅速確実に通達されるようになっていた。

目黒の義姉の家に帰ると、案の定、妻は心配して待っていた。私はこの際、妻の不安の火種を吹いておこすようなことは一切いわぬがよいと思った。

ほんとうのところ先日、軍令部で聞いた話でも、敵の潜水艦による被害が意外に多く、わが国の輸送船の船腹保有量が、いまでは開戦時の半量に減り、さらに毎月の船腹の喪失量が新船の建造量をはるかに上回っていて、南方からの戦争資材の内地向け輸送に少なからぬ影響をあたえているという。

また私が見聞してきた、ソロモン、ニューギニア戦線のわが軍の退勢など、この戦争には、真実を話して家族たちの気分の安らぐような事柄は、何も残っていないのである。したがってこんな場合、うそをつく以外には言うことは思いつかないのである。

結局、私は新任務のことについては何もふれないで、行く先は南東方面とだけ話した。

「勿論、最前線だけの覚悟はしている。しかし、この戦争はこれから先、太平洋上のどこに火がつくかわからないだろう。つまり、わしがどこにいても同じということさ。だから、わしのことを案ずるよりも、子供たちを、よくみてやってほしい」

とつけくわえた。妻もすなおに納得してくれた。

いよいよ、五月一日の午前九時に、私は横須賀海兵団の集合場所に行った。

すでに勢ぞろいしている二二〇名の下士官や、七、八名の士官たちが、いっせいにこちらを向いた。

「それっ、オヤジがやって来たぞ」という顔つきである。

だれかが、威勢のいい声で「気をつけえ」の号令をかけた。

人間関係で、一般にもそうであるが、海軍ではとくに第一印象というものを重視する度合が強いようである。私は、自分がえらんだ可愛い部下たちの前に、オヤジとしてはじめて顔を見せるわけである。

一八年間の海軍における経験から、最初に、指揮官が部下たちに自分の顔を見せることが、重要な意義をもっていることを、私は、だんだんと知るようになっていた。

生死を共にする仲間の頭（かしら）がどんな男であるか、これは、まずみなが真剣に知りたいところである。その頭になる男もまたおなじように、その部下たちを知りたいと思うのは、これも当然のことであろう。

このような、最初の出会いで、指揮官の中には、自己の信念というようなものを、いきなりパッと提示して、部下のどぎもを抜いたり、あるいは強烈な印象を売りこむというタイプがよくあるが、私は、そんな柄にないことは、できるわけでもなく、勿論やる気もなかった。

しかし、挺身輸送隊という、海軍では初めての部隊であるから、指揮官として示すべきものは示しておきたい、と思った。

ともかく、士官たちと初対面の挨拶をかわした。

これから、南太平洋の最前線において、挺身輸送隊員としてたがいに生死を共にする間柄であるから、これはとおり一遍の「よろしく願います」ぐらいですむような簡単な問題ではないのだ。

みなも、それを充分に承知しているようであった。それだけに、たがいにかわす目と目との間には、肉親同士にみるような親しみが最初からあらわれていた。

このようなむすびつきこそが、それぞれの肉親をのこして出征して行くときの、心のささえになるのである。

先任将校の熊谷大尉は、中背の丸っこい感じのする士官で、心も、外見のように角のとれた暖か味のある人柄であることが、話しぶりや所作にあらわれていた。

軍医長の早坂軍医大尉は、物がたいドクターという感じの好人物であった。

剣道錬士の庄子中尉は、日焼けした血色のよい丸顔に、意志の強そうな太い首、胸板の厚い強靱そのもののような体つきをしていた。かつて鎮守府の武道大会で個人優勝をした剛の者であるだけに、日本刀をつくりなおした軍刀をかるく左手にさげていた。先刻、「気を付け」の号令をかけたのは、彼であった。面魂(つらだましい)には、たしかに頑固一徹の片鱗をみせていたが、やはり古武士というのがピッタリの男であった。

その庄子中尉を見て、よい士官が来てくれた、と内心よろこんだ。

また柔道四段の浅見少尉は、庄子中尉と対蹠的な、のらりくらりとした外見が、いかにも「お面、お小手」と打ちこんでくる剣道のせっかちなことにたいする、柔道本来のつかみどころのない柔らかさを示しているようで、これもまた相当なものだ、と私はますますうれしくなった。

主計長の高松主計中尉は、目下ラバウルの艦隊司令部にいるので、現地で着任するということをすでに鎮守府で聞いていた。

士官たちと対面がすんだ後、私は、部隊下士官兵の前に立った。

まえから想像していたとおり、下士官は、大半が応召の人たちで、三十歳に近いか、それをこしている者も少しいた。もちろん若い水兵も、たくさんいた。

第一輸送隊の任務の大要を説明したあと、

「敵を攻撃して戦果をあげることは、軍人の最高の目標であるが、最前線で補給路を絶たれて飢餓に瀕し、また弾薬欠乏のため苦境のドン底にある味方を助けるために、万難を排して挺身輸送によって補給を完遂することもまた、決してこれに勝るとも劣らない大切な役目である、とわたしは信ずる。われわれは、全員一丸となって、胸を張って、地味ではあるが、この誇りに満ちた任務を全うしようではないか」

とむすんだ。

沈鬱な空気みなぎる第八艦隊司令部

昭和十八年五月五日午前十時、第一輸送隊は自隊の装備二〇〇トンと先発の兵員二二〇名――あとの二〇〇名は、人員が整いしだい出発することになっていた――と士官八名が、巡洋艦「鹿島」に便乗してしずかに横須賀を出港した。

海軍の出征は、だいたいにおいて静かなものである。

勿論、作戦行動の場合は秘密を要するので、出発の時から隠しておくのは当然である。今次の開戦にあたっても連合艦隊の各部隊は、開戦時のスタート・ラインに着くこと、つまり戦略展開をおこなうために、X日、十二月八日の約二〇日前に、それぞれが秘密裡に内地の港湾を出港したのであった。

海軍とくらべると、陸軍の出征は一般に見送りは賑やかである。それは、陸軍と海軍の歌謡にもよくあらわれていて、陸軍の出征を歌った戦時歌謡「暁に祈る」には、

ああ、あの顔で、あの声で
手柄たのむと妻や子が
ちぎれるほどに振った旗

というのがあるが、海軍の歌謡「海の守り」では、

勇ましく出港用意の
ラッパがひびきゃ
何の未練も残しゃせぬ
水漬く屍とこの身を捨てて
今ぞ乗り出す太平洋

の歌詞は、海の強者どもの見送りなしの静かな出征をあらわしている。

したがって第一輸送隊員も、すでにめいめいが肉親と別れの言葉をかわし終わって集まってきた者たちであり、もう船に乗って男だけの世界に突入したのだから、ケロッとして女々しいそぶりなどはまったく見せなかった。

このような気風は、戦前のわが国の軍人たちには、潔癖といってもよいくらいによく行きわたっていた。その気風からくる一つの現象だが、海軍士官は、軍服を着たときはワイフを連れて人前にはほとんど出なかったものである。軍港地で、下士官がワイフを連れて街路を歩いていて、水兵と出会って敬礼をされると、きまり悪そうに答礼しているのが多かった。

これにくらべて、終戦後、日本にきたアメリカの将校などは、派手に着かざったワイフをつれて、兵隊の前に出ても胸をはって堂々と敬礼をうけていたものだが、かえって、さばさばした感じであった。

どうも昔の日本の軍人たちは、ことワイフにかんするかぎり、なんとなく卑屈でコソコソとやっていて、いかにも妻子の情に引かれる様を人からすき見されることをきらう、東洋風の妙な見栄をはっているようでもあった。

それはともかくとして、私は横須賀で部隊の出発を見送ったあと、翌日早朝の飛行艇便でトラック島を経てラバウルに先行した。最前線の輸送作戦の準備にかんして、輸送部隊の到着前に現地の艦隊司令部とこまかい打ち合わせをおこなうためであった。

ところが、五月中ごろにラバウルに到着して、さっそく第八艦隊司令部に出頭したが、みなが何か重大なことをかくしているらしい、妙な様子が気にかかった。

ラバウルにくる途中、飛行便の乗り替えのためトラック島に立ち寄ったとき、山本連合艦隊司令長官が、機動部隊の精鋭機二〇〇機をひきつれてラバウルに乗りこんで、対ガ島の航空作戦を指導している、という話を聞いていた。

それで、ここの司令部で作戦の成果を聞いて、第一輸送隊の輸送作戦の実施の参考にしようと思ったので、担当の参謀に質問した。

ところが、参謀は、撃沈した敵の艦船の数と、撃墜した敵機の数だけを機械的にならべたてたので、私は、

「そんなものは、新聞電報にもでている。それよりも、わしが知りたいのは、わが航空部隊の実際の被害と、撃墜した敵機の正確な数だ。その作戦は、敵航空部隊に壊滅的な打撃をあたえた、と新聞に発表しているが、それは信じてよろしいか」

と、突っこんでたずねた。

参謀は、顔をしかめて腕組みをすると、ちょっと思案をする風をみせた。そこで私は、

「その作戦は完了したのですか。機動部隊の飛行機も、山本長官も引きあげたのですか？」

と、かさねて質問すると参謀は、「とんでもない。長官は、もうとっくにトラック島に帰られたよ」というと、不機嫌そうに、横をむいてしまった。

そのとき、部屋の奥の方から、「おい、種子島じゃないか」と大きな声がしたので、見ると、クラスメートの川井少佐が参謀懸章をつけて笑顔で立っていた。彼は、ここの航空参謀

であった。

私は、やれやれ助かったと思った。

一〇〇機対一二〇機の航空撃滅戦

川井は水上機パイロットの出身であるが、こんどの連合艦隊のソロモン、ニューギニア方面にたいする、ショック療法的な航空作戦(「い」号作戦)にたいしては、かなり批判的であった。

連合艦隊司令部が「い」号作戦の実施を決意したのは、昭和十八年三月初頭、第五十一師団主力のラエ輸送船団が壊滅してから間もなくのことであった。

ラエ上陸作戦の失敗を、陸軍の作戦指導部は、みずからの作戦計画の疎漏(そろう)をたなに上げて、その原因は海軍にある、と主張していた。船団対空直衛にたいする熱意の不足と、わが航空部隊が事前に敵の基地航空兵力をしっかりたたいておかなかったからだ、と主張し、あげくのはてに、ガ島作戦以来、ソロモンを重視してニューギニアを軽視してきた海軍の頭を切り替えるように、中央で働きかけていた。

しかし陸軍部内には、ようやくニューギニア作戦の実情を認識して、これを放棄して今のうちに後ろへさがれ、という自重論まででるようになった。

海軍は、ニューギニアを軽視しているわけではなかった。もしニューギニアを失うことになったら、ニューブリテン島が持てなくなり、やがて連合艦隊はトラック島にいられなくなるばかりでなく、どこか太平洋上にこれほどの大根拠地に適する島を求めて、あたらしく根拠地を建設することなどは、とうてい不可能である、と心配していたのである。

アメリカの来攻する艦隊と決戦の場を持つことに最後の希望をかけていた連合艦隊は、そのときの拠点として、トラック島を絶対に確保しなければならない、と思いこんで、その決意をニューギニアにたいする行動であらわしたものであろう。

しかし、決意はいくらさかんでも、これを裏づけるものは（大和魂といいたいだろうが）、やはり相当量の飛行機と、パイロットという持ち駒でなければならないことは、すでにガ島作戦で試験ずみである。

ところが、飛行機の生産量において、すでにわが国の五倍以上にたっしていたアメリカは、若者の大半が自動車を自由自在に乗りこなして、発動機にたいする予備知識と、動力付の乗物を操縦するかんができているので、パイロットの養成も、飛行機の超大量生産に充分に追いついてゆけたのである。

そのようなアメリカに向かって、はたして貧弱な持ち駒で対抗できるであろうか。

川井は浮かない顔で「い」号作戦のあらましを話すと、最後に声を落としていった。

「やっぱり、世界で最初に飛行機で飛んだ人間（ライト兄弟をさす）をだした国は、飛行機には強いわい。こんな思いつきの場当たりの作戦ぐらいでは、ビクともするものか。それに、こっちは出先の飛行場が少なくて、零戦などはギリギリの遠距離攻撃をやらされるので、やたらに損害が多くてのう」

吐きすてるような口調であった。

川井が、参謀のつつしみを忘れて、司令部の作戦批判を所属下の部隊長である私に漏らした気持ちはよくわかった。おそらく彼は、だれかにこの作戦にたいする不満をぶちまけないではいられなかったのであろう。そのぶちまける相手がクラスメートなので、安心でもあり、気がおけなかったのであろう。

不満と憂悶をこめて、さらに語りつづける川井の話を総合すると、およそつぎのようになる。

〈敵は、ガ島の九〇〇キロ南東にあるニューヘブリディーズ島に大きな飛行機の補充基地があって、そこにたくさんの予備機をおいている。ガ島とニューギニアの第一線機が消耗すると即座に補充して、つねに保有機数は、およそソロモンに五〇〇機、ニューギニアに五〇〇機の水準を維持するようにしているらしい。

わが方は、ラバウル支援のためにトラック島がひかえていて、同様の役目をはたしているのだが、このラバウルでは零戦の消耗が月間六〇機にもなるというのに、国内の零戦の総生産量は月三〇〇機にもみたない。しかも広大な戦域をかかえているので、ラバウルの零戦の割り当てはせいぜいその一割の三〇機ぐらいなので、保有数一二〇機の水準を保持するのに、四苦八苦しているありさまだ。

この調子で、毎月三〇機ずつ不足すると、四ヵ月でゼロになる計算である。しかし実際はもっときびしいもので、空戦の戦術単位をもとにして考えると、ラバウルの場合は、戦闘機の保有量が一〇〇機を割ると加速度的に消耗率が増大していって、戦闘機は、急激に姿を消してゆく運命にあるという〉

服装ひとつにも日米戦闘意識の差

川井は一気にしゃべって、目の前のお茶をガブリと飲むと、さらに言葉をつづけた。

「航空撃滅戦というやつは、いうなれば、飛行機の消耗戦の別名のようなもので、これは花火線香式の一時的なやり方で片付くような浅薄なものではない。双方の根気と実力の角逐であって、たがいに相手の飛行場を空襲して、滑走路を破壊し、地上と空中にある相手の飛行機を、撃破しあうことをくりかえすのだ。

そして、こわされた滑走路は何度でも補修し、消耗した兵員と飛行機はいくらでも補充して、ついには、いずれかの補充が絶えて、その飛行場からいっさいの飛行機が姿を消すまでやりとおすのを、航空撃滅戦というわけだ。

文字どおり、食うか食われるか、という激しいものなのだ。だから、連日ここからガ島やモレスビーに戦爆連合の空襲隊を出しているが、やっこさんたちも負けず劣らずせっせとやってくるのさ」

そのころ内地では「ラバウル海軍航空隊」という戦時歌謡が、NHKによって発表された。

銀翼連らねて　南の前線
ゆるがぬ護(まも)りの　海鷲たちが
肉弾砕く　敵の主力
栄えある我等　ラバウル航空隊

勇壮な歌詞に似あわない優美なメロディーは、かえってこの航空隊のたどった壮烈な運命を、うら悲しくも秘めているようであるが、いまこの歌をきくと、ラバウル方面で戦ったことのある者は、苦痛に満ちた数かずの思い出を、いっそうつのらせるのである。しかし当時の銃後では、歌にかくされた真実の、あの激烈な航空撃滅戦の苦しさを知っていた人は、はたして幾人いたであろうか。

「こんな大消耗戦になると、第一線の実情もみきわめないで、ただ、後ろの方から、進め、進めの掛け声だけでは、だめだ。連合艦隊司令部も、一段たかいところで力んでばかりいないで、われわれとおなじ地面まで降りてきて、ソロモン、ニューギニア戦線の、真の苦労を肌で感じてくれるとよいのだ」

と、川井の批判は手きびしい。

「そのために、こんどの『い』号作戦で、連合艦隊司令部も出てきたのだろうが」

「うむ。しかし、せめて服装だけでも、われわれと同じ防暑戦闘服を着てやってきたなら、われわれといっしょになって、戦ってくれるんだ、というもっと親しみのある安心感を持てたとおもうのだが……」

これを聞いて、私は、ハッとした。

そういえば、連合艦隊司令部の職員だけが、いつも艦隊のほかの将兵たちと自分らを区別するように、南太平洋の戦場で、純白の正規の軍装を着用している真意を、私は計りかねていたのである。いま川井の話で、なんとなくわかったような気がした。

この第二種軍装（正規の夏の軍装）は、内地で夏期に着る軍服である。第一線にいても、連合艦隊司令部だけは、内地の服装を身につけているわけで、「われわれは、一段たかいところで、作戦を指揮しているのだ」という、なんとなく気負いたった、別格意識のようなものが感じられた。戦後発表された記録写真をみると、ラバウル航空隊を激励にきた連合艦隊司令部職員たちだけが、戦闘服の将兵たちにまじって白い軍服で写っている。

これを、やはり戦後発表された、アメリカのニュース写真とくらべると、はっきりと違いがわかる。ハルゼーも、ニミッツも、マッカーサーもみな、戦う将兵と同様の戦闘服を着用しており、マッカーサーなどは、ザブザブと水中を歩いて海岸に上陸してくる。いかにも飾り気のない、むき出しの、戦闘意識を見るおもいがする。

日米両国の戦闘司令部の、戦う心がまえの違いとでもいうものであろうか。

そして、あれほど大さわぎして固執したトラック島も、翌昭和十九年二月上旬には、敵機動部隊の奇襲をうけやすくなったという理由で、あっさりあきらめて、連合艦隊の水上兵力は、さっさと西方のウルシー環礁や、パラオ島へひきあげていったのである。

はじめは、陸軍のニューギニア放棄論に、まっこうから反対して、連合艦隊決戦の決意を表明し、そのためにニューギニアで陸軍に多大の犠牲をはらわしておきながら、これはまた、あっけないどころの話ではなかった。

このように、一司令部の思いつきの作戦で、無益でしかも莫大な人命と物質の消耗がくりかえされたところに、この戦争の救いがたい悔恨があったことを、われわれは決して忘れてはならないであろう。

ともかく私は、川井の話を聞いて、事態が、二ヵ月半前にこの方面にきたときよりも、一段と悪化していることがわかった。

そして、間もなく、山本長官の戦死が発表された。

7 敵有力部隊、レンドバ島に上陸

ブーゲンビルからチョイセル島へ

昭和十八年六月上旬に、第一輸送隊は、ブーゲンビル島に進出した。

ブーゲンビル島は、山本元帥戦死の地として、その後有名になった島であるが、地誌的にいうと、北部ソロモン諸島の最北端にあって、島の中央がだいたい東経一五五度、南緯六度に位置していて、島の大きさは、南北二〇〇キロ、東西八〇キロで、面積はざっと四国の三分の一強にあたり、ソロモン諸島中最大の島である。

気候は標準型の熱帯で、年中真夏である。原住民はミクロネシア族で、約五万人が全島に分布して小集落をつくって点在していた。

当時在島のわが軍の人員は、この年の二月にガ島から消耗しつくした状態で撤退してきた陸軍第十七軍に属する第二、第三十八師団と、歩兵第三十五旅団などの生き残りの兵力一万名と、これよりもはやく、一月二十日以後、トラック島からこの島に進出してきた、新鋭第六師団主力一万九〇〇〇名と、海軍第一根拠地隊の兵力四〇〇〇名、および飛行場設営隊の軍属三〇〇〇名、あわせて三万六〇〇〇名であった。

また航空兵力としては、ブインとバラレ島に、飛行場が一ヵ所ずつあって、海軍の航空隊が三六機の戦闘機とそれに若干の飛行艇、水上偵察機を持っていた。

第一輸送隊員は、ラバウルからブーゲンビル島に輸送艦「日進」で送られて、多量の軍需品といっしょに、島の南端の要衝ブインに上陸して、ただちに海岸の椰子林のなかにキャンプをはった。そして輸送基地設営のため、すこし前にこの島にきていた第百二十一設営隊員一八九名が、あらたに輸送隊の指揮下にはいった。

私は毎日、根拠地隊司令部に出かけて、ニュージョージアの、最前線輸送作戦の打ち合わせで忙しかった。

六月二十日、輸送ルートの下見と、前進基地設営のため、庄子中尉、浅見少尉、早坂軍医大尉、および基地隊兵員四五名、設営隊員三五名をつれて大発二隻に分乗し、夕刻ブインを出発してチョイセル島のスンビ岬にむかった。

チョイセル島は、去る三月、駆逐艦「村雨」と「峯雲」の沈没と三二六名の人命の喪失という高価な代償をはらって補給をおこなった、あのニュージョージア島とブーゲンビル島を結ぶ線上を北東寄りに五〇キロほどずれて、この線に平行に北西から南東に伸びる全長一五〇キロの細長い島で、挺身輸送隊の連綴基地を設けるには格好の島であった。

そして目的のニュージョージア島は、前にも述べたように、この年二月、ガダルカナル島失陥後、陸海軍一万名の将兵と軍属三六〇〇名を揚陸させたところである。そのとき、この島のムンダと、コロンバンガラ島に飛行場を造成したものの、ガ島から連日空襲を仕かけてくる米軍の圧倒的な航空撃滅戦に抗しきれずに、わが方は今もって一機の戦闘機さえ進出できないまま、じりじりと立ち枯れを待つ運命におかれていた。何はともあれ、早急に有効な対策をとることが、当面の急務であった。

艦隊司令部は、駆逐艦がなくなるまで、やみくもに輸送命令を出しつづけていたが、それが行きづまった場合に舟艇輸送に切り替える準備は全くしていなかった。そのため舟艇基地の水路や、適当な入江、川などの舟艇の隠し場所は、これから探さなければならなかった。

これらの作業は、敵機のきびしい哨戒圏内でおこなうので、夜間でないとできないが、夜は視界がせまくて、複雑な入江や湾の全景を見きわめることが、きわめてむずかしい。そのうえ、はじめての場所なので、夜間に出入りする舟艇のために、わかりやすい水路案内図を作成することは、なおさら厄介な仕事であった。しかも、この方面の海図は、第一次大戦の際にドイツ海軍が測量した原図をそのまま複製したもので、未測量部分が多く海岸線の出入りなどは、まったく信頼性に乏しかった。

また、暗夜の接岸航行では、珊瑚礁がとくに危険である。いちど座礁すると、船体が波で内側へ持ってゆかれて、そこの珊瑚を船底で砕いて地ならしするので、外側の珊瑚が少し高い縁(へり)のようになって、船体の脱出をさまたげてしまう。機帆船でも大発でも、いったん座礁したら、まず助からないのであった。

私たちは、最初にチョイセル島北端のチョイセル湾に進入して、夜明け前にマングローブの茂みにおおわれた深い入江をみつけて、その中に二隻の大発をかくして昼の間は休息することにした。前夜は一睡もしないで航海したので、みなは朝食に乾パンと缶詰の肉を食うと、それぞれ眠りについた。

午後になると、ぼつぼつ起きはじめた。庄子中尉が、昼食のときに葡萄酒を配給したいといったので、私は許可をあたえた。五人に葡萄酒一本ぐらいの配給だったが、みなは元気になって、軍歌や流行歌を歌いだす者もいた。

そのとき突然、爆音が聞こえた。

「爆音」と、だれかが大声でどなった。みなはピタリと静まって、たがいに顔を見あわした。ちょうど真上をB17が一機、高度二〇〇〇メートルくらいでゆっくりと通過していった。ぼそぼそと小声で話をしている者がいた。するとだれかが「シーッ、静かにしろ、飛行機に聞こえるぞ」と、これまた声を殺しながらいったので、みなはどっと笑った。

内地でも、空襲警報中に、ピアノをひいている家に警防団員が「アメリカの飛行機に聞こえたらどうするか」と、どなりこんだという話があったそうだが、やはり恐怖心からくる、似たような心理なのであろう。

やがて夕方の薄明がきて、大発が入江をでて珊瑚礁のあいだをぬって湾の外にでたときは、あたりは暗くなっていた。

「夜の帳につつまれる」という言葉が、いかにも大発を敵機の目からつつみかくしてくれる、という意味にぴったりしていて、われわれは安心して航海をつづけ、翌朝未明に目的地スンビ入江に入泊した。

スンビ基地には、陸戦隊一個小隊が防空見張りと基地守備の任務をおびて駐屯していた。

ここは敵機の来襲が頻繁で、偵察は毎日、戦闘機が午前と午後に必ずやってきて、入江の上空を一回りして行くが、一ヵ月前に小型機三〇機が、陸戦隊の宿営していた現地人集落の小屋を爆撃して、小隊長と兵員数名が戦死したという。また、一週間前にも、一八機の敵戦闘機の機銃掃射をうけて、新任の小隊長が現地人の小屋から防空壕へ走りこむ途中で、機銃弾に片手に持っていた双眼鏡を射ち抜かれた、と話していた。

これらの話を聞いて、私は、基地維持のために堅固な防空壕が必要だと思った。舟艇の隠し場所としては、付近一帯に、ひじょうに広いマングローブの密林におおわれた、大きな入江がたくさんあることがわかった。

六月も終わりに近づいて、基地の施設もだいぶととのってきた。二十九日の朝、東の方から空を圧するような大爆音が接近してきたと思うまもなく、基地から少し北によった上空を、ガ島を発進したとおもわれるアメリカ軍重爆二七機、戦闘機六〇機の大編隊が、ゆうゆうと北西の方にむかうのが見えた。

私は、とりあえず通信兵曹に、敵機の情報をブインとラバウルの司令部に無電で打たせておいてから、双眼鏡でその大編隊をこまかく観察した。

敵機は、重爆九機編隊の三群が前後して水平にならび、小鳥のように小さくみえる戦闘機がその上空を前中後と三群にかたまって飛んでいたが、ときどき群から数機が飛びだしては、宙返りをやって、高くなったり低くなったりしている。まるで空中サーカスを見ているようであった。

これはおそらく、会敵を前にして空戦の予行演習をしているのであろうが、それが試合を前にシャドー・ボクシングをやっているボクサーの闘志満々たる風貌を連想させるようで、闘機隊の健闘を祈るよりほかはなかった。

「何を小しゃくな」とは思ったが、ここではラバウルやブーゲンビルのわが防空陣と基地戦闘機隊の健闘を祈るよりほかはなかった。

ブインに帰投、ただちにガノンガ島へ

ところが、翌六月三十日の午後、第一根拠地隊司令官から私あてに電報がきた。

「今早朝、敵有力部隊、ニュージョージア前面のレンドバ島に上陸せり、第一輸送隊長は至急ブインに帰投の上、ガノンガ島に進出し、同地にありて前線輸送の指揮に任ずべし」

さっそく私は、数日前に来たばかりの熊谷大尉にスンビ基地の後事をたのんで、その日の夕刻、庄子中尉と浅見少尉をつれて、いそいでブインに帰った。

進出命令をうけたガノンガ島は、ブインの南南東一五〇キロにある長さ南北三〇キロの細長い小島で、そこからニュージョージア島までは六〇キロしかないので、いま敵がレンドバ島に上陸してきた緊急の事態にたいして、ここが、最短距離の輸送ルートの中継基地として選ばれたのであった。そしてブーゲンビルにある、ありったけの機帆船がこの輸送に投入されることになった。

七月二日の朝、ブインに帰着すると、すぐ司令部に行って、ニュージョージア方面の戦況をくわしくたずねたが、それは次のように展開していた。

六月三十日早朝、敵輸送船六隻、駆逐艦八隻、水雷艇一一隻がニュージョージア島南のレンドバ島沖にあらわれて、同島に五、六〇〇〇名の兵力を上陸させたが、敵の艦艇は強力な無線電波を連続して発射して電波妨害をおこなったので、現地指揮官からの「敵来襲」の電報を、ラバウルの艦隊司令部は受信することができなかった。

しかし、艦隊司令部が、妨害電波の方位を測定したところ、その方角に相当数の敵部隊が出現しているらしい様子を感じたので、偵察機をだしてたしかめた結果、はじめて米軍の上陸がわかった。

わが艦隊は、ただちに六月三十日午後、一式陸上攻撃機二五機をだして、敵艦船を雷撃にむかわせたが——これはまた、いったい、どうした事であろうか——その攻撃機隊は敵の戦闘機というよりも、おもに敵艦船の対空砲火で一七機という多数が撃墜されて、一機が不時着大破し、わが方の戦果は、ほとんどなかったのである。

また、米軍のこの上陸にさきだって、その日の午前零時過ぎにブイン前面のショートランド島は、約一五分間、米巡洋艦戦隊と駆逐隊から艦砲射撃をうけた。そのときショートランド湾内には、わが駆逐艦八隻が在泊していたので即刻、出港準備を完了して米艦隊を追撃しようとしたが、すでに敵は遠くへ去ったあとであった。

夜があければ敵機の待ち伏せに遭うことはまちがいないので、駆逐艦の出撃はさしとめられた。ところが、午前十時三十分に米軍機が大挙来襲して駆逐艦を爆撃し、一隻が被弾沈没したので、他の駆逐艦は急いで出港して、北方の海域に避退した。以上が、ブインの司令部で聞いた戦況である。

この日、米軍がニュージョージアに白昼、正々堂々と上陸してきたばかりか、後方のブーゲンビルにまでデモを仕かけてきたことは、いよいよ米軍の反攻に力とゆとりができた証拠ともおもわれた。

それに反して、わが海軍航空隊の〝虎の子〟の一式陸攻機隊の惨敗は、この戦いの将来に暗影を投げかけるものであった。去る三月二日、ニューギニアの前面で全滅した第五十一師団の船団の場合を考えあわせても、いまや日米の戦力の質に、はっきり優劣があらわれてきたことは、もはや疑う余地がなかった。

三月のときは、アメリカの航空部隊が日本の船団を全滅させ、六月のレンドバ島沖の場合、アメリカの船団が、日本の航空部隊を壊滅させたのである。つまり、アメリカの船団も航空部隊も、どちらも強いのである。これでは、何をやっても勝負にならないのである。

それでは、何がいったい、日米両軍のあいだにこのような大差をつけてしまったのであろうか。理由はきわめて簡単である。日米両国の艦船と飛行機のできばえの差なのである。アメリカ海軍の「人命尊重」と、わが海軍の「人命軽視」という相違が、このできばえにはっきりと表われているのである。

わが海軍の指導者たちは「攻撃は最良の防御なり」という兵法の金言、それは〝軍隊が敵と戦う際に、そのとるべき姿勢と心構え〟について示唆したものだが、その警句の真意を理解しないで、単にその字句を鵜呑みにしたのではないか。だから、攻撃力を増すためという理由で、防御力に相当する戦闘員の身命を守るための鋼板を減らして、一門でも多くの大砲、一発でも多くの爆弾を持たせよう、としたのではないか。

大砲や発射管を積みすぎて転覆した駆逐艦「早蕨（さわらび）」や水雷艇「友鶴」の悲劇は、ワシントンとロンドンの軍縮条約で押しつけられた劣勢比率をとりもどそうとした焦燥感が拍車をかけて起こった事故であった。

勿論、その直後は、部内でもきびしい批判を浴びたが、いちど信じこんだ「攻撃力万能」のお題目は、安易に改まることがなかった。そして、指導者の防御力軽視は、とどのつまり、彼らの期待とは裏腹に、かえって、戦いには弱い艦船や飛行機をつくってしまう結果になったのである。

レンドバ島で大量に撃墜された一式陸上攻撃機などは、機銃弾をうけるとすぐ火を発するので〝一式ライター〟といわれた話は有名だが、これにくらべるとアメリカのB17やB26は、燃料タンクは防弾式で、搭乗室は鋼板でがっちり張られていたので、戦闘機の攻撃をうけても、ひじょうにタフであった。

戦争の初期、昭和十七年三月に、セレベス島のマカッサル上空で、わが零戦三機がB17一機を攻撃したことがあったが、その時の、零戦隊長の戦闘概報に、

「全機反復攻撃を加え、全弾射ち尽くしたるも、撃墜するに至らずして、ついにこれを逸せり」

という、いかにも無念そうな電文があった。

たまたま私は、駆逐艦「汐風」で、ジャワ海北部を作戦のため行動しているときに、同艦で傍受したこの電文をみて、「これは大変だ、今のうちに対策を講じないと、将来とり返しのつかぬことになるぞ」と思ったことがあった。

また、艦艇の対空兵装についていえば、アメリカの艦艇群は、来襲する相手機の前面に毎分数万発の弾幕をはれるほどにしており、二〇〇〇トン級の駆逐艦でさえ四〇ミリや二〇ミリ機銃を二〇門もそなえて、文字どおり〝針鼠〟のように武装していた。

ところが、わが方は戦争の中期に出現した、わずか一二隻の防空駆逐艦以外の駆逐艦は、非能率的な高角式主砲以外には、二五ミリ機銃四門を装備するだけで、まことにわびしいものであった。したがって、来襲する敵機にたいしては、舵をとって爆撃を回避するのに忙しくて、船団の防空護衛までとても手が回らなかったのである。

孤島守備の陸戦隊員と暖かい交歓

ともかく、戦況は、いよいよ切迫の度をくわえている。私は、急いで自隊へ帰ると、準備万端をととのえて、七月二日夕刻、第一輸送隊の基地隊員四五名、設営隊員二〇名、臨時に隊付になった丹羽軍医中尉と兵曹長三名を伴い、ガノンガ島にむけて出発した。ブイン海岸で、まるで林が海に浮かんでいるような木の枝で偽装した機帆船に乗りこんだ。

沖にでるとべつの機帆船が近よってきたが、その船も伐採した樹木のしげった幹や枝で船橋からデッキ・ハウス、外舷にいたるまで、あますところなくおおい隠していた。ちょうど小さな島が動いてくるようであったが、これから敵機が猛爆してくるニュージョージアの入江にかくれて、軍需品を無事に味方に渡してやらねばならぬことを思うと、その船の無格好さを笑うよりも、むしろ異様な緊張と興奮をおぼえるのであった。

機帆船は、月のない暗い海をセミ・ディーゼル・エンジンの音だけを、無心にポンポンポンポンとひびかせて走った。エンジンの快調な響きは、ありがたいものである。ほかの海面とちがって、制空権のない海では、頼みはエンジンだけなのである。

船は九時間ほど走って、翌朝の午前二時過ぎに、めざすガノンガ島に近づいた。

ガノンガ島の北端に、エミュー・ハーバー（エミューは豪州産の巨鳥、火食鳥のことである）という小さな入江が海図に載っているが、図が大ざっぱなので、とにかく岸に接近して入江をさがすことにした。

勿論、灯台もない暗夜に、珊瑚礁にかこまれた黒一色の島の中の小さな入江をさがすのだから、たいへんである。うっかり珊瑚礁に乗り上げたらおしまいである。船は最微速力で進み、船首の見張兵は測鉛を投げて慎重に水深を測った。

「届かない」と船首から報告がある。測鉛が、まだ海底に届かないという意味で、このあたりは珊瑚礁にくるまでは、水深は数百メートルあるのである。やがて「深さ一〇メートル」と報告がくる。

急いで「後進」をかけた。ところが後続船は、あわてて右に転舵して、前の船を避けたが、勢いあまって斜前方へ出てゆき、珊瑚礁に座礁してしまった。しかし、船尾がすこし礁の外端からでていたので、こちらの船からすぐ曳索を投げあたえて曳きおろすことができた。もしも一隻だけで座礁したら、自力での離礁はむずかしかったろう。

そのとき、岸の方から声がして、二人の兵士がカヌーに乗ってやってきて、一人が船に上がってきた。彼は、ガノンガ島守備の横須賀鎮守府第七特別陸戦隊の第三中隊の小隊長であると告げて、船のはいる入江はもう少し南の岬をまわった所にあるから、これから水先案内をしようと申し出た。私はやれやれ助かったとおもい、船の操縦を彼にまかせた。

こうして両機帆船は、安全にエミュー・ハーバーの奥にはいって、うまく隠れることができた。

やがて、輸送隊員たちは、ガノンガ島に上陸すると、半月前から駐屯していた陸戦隊員と、すぐに打ちとけあった。このように、彼らがたちまち心を許しあえるのは、最前線のしかも孤島にきているという緊張感の中で、おなじ海軍軍人として、たがいに助けあい生死を共にしようと思うために、まず相手をいたわりたい心が動くからである。それは、肉親とすこしも変わらない親しみと信頼感であった。

それはともかくとして、輸送隊は、最前線に送る弾薬糧食をたくさん積んできており、この陸戦隊員にも、その一部の米と缶詰を配給したので、ひじょうによろこばれた。そして、陸戦隊は、われわれ輸送隊を歓迎するため、現地人から徴発して飼っていた現地産の家鴨（羽根が黒くて、口ばしの根元に七面鳥に似た疣をたくさんつけている）をつぶして、鳥飯をたいてご馳走してくれた。われわれも、持参の日本酒をだして、これにこたえた。

最前線に酒を持ってきたというのは、少しおかしいようであるが、設営隊員のためには必需品だったのである。設営隊員は軍人ではなく軍属なので、最前線でも任務は飛行場造成とか、舟艇基地構築とか、防空壕掘りなど、もっぱら土木に類するはげしい重労働作業に従事する。それで、一日の作業が終わると、夕食のときに各自に酒一合の配給があったのである。彼らは、この酒が楽しみであり、また酒を飲まないと、その日の労働による疲労が回復しないのである。

うかつな話だが、私は知らない間に、こんなにたくさん酒が積みこんであったことに驚いた。それで設営隊の技手に聞いてみると、この酒は、機械にさす潤滑油とおなじくらい、設営隊員の身体に必要なものだとわかった。しかし、いくら必要だといっても、このような最前線に、いつまでも酒があるわけがない。せいぜい一週間もすればなくなるだろう。

「その時はその時で、彼らも、思いきりよくあきらめますよ」

といって、技手は、ちょっと寂しそうな顔をした。

ジャングルの夕暮れに、はるかにわが本土の方角にあたる夕焼け雲をながめながら、海軍の琺瑯（ほうろう）の湯呑みに、なみなみと一合の酒をついでもらって、楽しそうに飲む。南海のはての孤島で、思いは遠くはるかな家郷へ走っているのであろう。彼らがしずかに酒をたしなむ姿は、ひとしお素朴で美しい詩情があった。

8　ニュージョージア島攻防戦

わがムンダ基地へ米軍猛攻を開始

さてここで、話の焦点を六月三十日朝の、わがニュージョージア守備隊にあわせてみよう。

この朝、七隻の輸送船に分乗して来襲した米軍は、夜明けとともにわがムンダ飛行場前面の海岸から、一〇キロ南へ海をへだてたレンドバ島へ、数十隻の上陸用舟艇でぞくぞくと上陸をはじめた。

米船団の上空には、約六〇機の戦闘機が上中下の三段構えで飛びまわって、わが航空部隊の来襲にそなえていたが、それに上陸用舟艇や、魚雷艇群の発する爆音もくわわって、彼らの上陸地点から二〇キロ以上もはなれているムンダの海軍特別陸戦隊の司令部では、「話し声もろくに聞こえないほど」のやかましさであったというから、そのすさまじい騒音が、どんなものであったかは想像がつくであろう。

その日の午後には、ラバウルからわが航空部隊の空襲があったが、米船団はほとんど無傷で、数時間のうちに六〇〇〇名の海兵隊を揚陸する、という驚くべき敏捷さであった。

ニュージョージア島の南方レンドバ島には、わが陸海軍の守備兵一四〇名がいたが、彼らは「敵来襲」の電報を打ったきりで、消息を絶ってしまった。おそらく、怒濤のような上陸軍の前に、押しつぶされてしまったのであろう。

翌七月一日も、あいついで米船団が入泊して、軍需品を陸揚げしていた。その方面から、何をやっているのか知らないが、発破をかける音が、夜どおし聞こえていた。それは、米軍が重砲を据える土台を構築するためのものであったことが、あとでわかった。

その発破のことだが、わが設営隊が仕かけるときは、ながい鉄棒の鏨をハンマーでたたいては岩肌に孔をこじあけてゆくので、岩がかたいと深い孔をあけるのに三、四時間を要するから、点火爆発は、半日に一回というのろさである。ところが米軍の発破は、発電機つきの電気ドリルで孔をあけるので、三〇分に一回はドカン、ドカンと発破がかかり、みるみるうちに岩を切りひらいて重砲の砲座をつくりあげてしまう。

こうして、船団が入港してから二七時間目に、米軍は重砲の初弾を発射して、わがムンダ地区への攻撃を開始したのであった。

敵の砲弾は、ムンダ飛行場と周辺の陣地に落下しはじめた。一時間後には、敵は大型舟艇に人員機材を満載して、すぐ目の前三キロのルビアナ島などの二つの小島に兵力を移動しはじめた。彼らは、これらの島にも重砲を据えるつもりのようであった。

これは、制空権と制海権を両手におさめた米軍が、白昼目の前でおこなう傍若無人のふるまいで、まるで将棋の成金が相手の領地にはいってきて、勝手にあばれまわっているようなものである。わが軍は指をくわえて見ているという、なんとも情けない状態であった。

もし、見るに見かねたムンダ前面のわが海軍の五、六門の重砲、一四センチ砲が応射でもしようものなら、たちまち二〇数門の敵の重砲がうなりはじめて「これでもか、これでもか」と射ちかえしてくるにちがいない。そればかりか、敵の飛行機がわが重砲陣地に殺到してきて、結局やぶへびになるのがおちである。それに弾丸も手持ちが心ぼそいので、敵主力が前面に上陸してくる時の決戦にそなえて、それまでは隠忍自重するよりほかはなかったのである。

このとき、わがニュージョージア守備の南東支隊司令部は、この猛り狂う敵にたいして、どのような作戦で対処しようとしたのであろうか。

七月三日の夜十一時からムンダの南東支隊の司令部で、陸海軍の幕僚会議がひらかれた。ジャングルの奥まったところに建てられたバラック式の簡単な舎屋の中の作戦室は、出入口が二重になって、灯下の漏洩が厳重に防止されていた。

そのうす暗い部屋の中の分厚い杉板を打ちつけてつくった大テーブルの正面中央に、南東支隊長・佐々木登陸軍少将がすわり、むかいあって第八連合特別陸戦隊司令官・大田実海軍少将が、そして陸軍の参謀・神谷義治中佐と海軍の参謀・今井秋次郎中佐が、それぞれの陸海軍指揮官の隣にすわり、そのほかに陸海軍とも数名の司令部付の将校が末席にひかえていた。

一座には、緊張と不安をおりまぜた重苦しい空気がただよい、部屋の暗さがいっそう沈鬱さを助長していた。

三日前にレンドバに上陸した敵の行動は、文字どおり疾風迅雷の勢いであった。あらゆる機械力を縦横に駆使し、圧倒的な兵力と物量をふんだんに投入することによって、音をたて て沸騰するようなダイナミックな攻撃力を、これ見よがしに爆発させて、白昼堂々と海を渡 って押し寄せてきたのである。この頑敵を前にして、はやくもわが防御陣地は苦戦の色が濃 いのであった。

佐々木支隊長は、「この際、受身になって敵の攻撃を自由にさせることは、わが軍の自滅 を招くのにひとしい」と考えていた。

彼は、また、つぎのような思考をめぐらしていた。

〈ガダルカナル島にくらべると、ニュージョージアは、ラバウルからの距離は三五〇キロも 近いのである。それなのに、なぜ海軍が、敵の船団をやっつけにきてくれないのか。

もともと陸軍が、「ガ島撤退後の防衛主線を、北部ソロモン以北の線まで下げる方が守り やすい」といったのに反対して、ニュージョージアの線を強硬に主張したのは、海軍ではな かったか。

こうなった以上、海軍に、その言動にたいする責任のある行動をとらせるためにも、この まま黙って引き下がるわけにはゆかぬ〉

しかし、七月二日のラバウルにおける南東方面陸海軍司令部の作戦会議の際にあきらかに されたのは、つぎのようなものであった。

〈ラバウルの手持ちの海軍航空兵力は、近々増強される見込みのものをふくめても、戦闘機 一〇機、軽爆撃機四〇機、中型攻撃機三〇機をこえることはないから、航空作戦を強行すれ ば、短期間のうちに急激な消耗を累積して、たちまち壊滅するおそれが大きい。

また、この方面に使用できる艦艇は、駆逐艦一四隻が全力であって、燃料も欠乏しているので、敵の船団を阻止攻撃することなどはできない〉

これは、じつに末期症状を思わせるようなもので、下手をするとニュージョージア島は、ガダルカナル島よりも玉砕色の濃いものになりそうであった。だからといって、現地守備軍の指揮官は、海軍の身勝手を「けしからん」と、あからさまに怒るわけにはゆかないのである。

思えば昭和十七年の年末、中央でひらかれたガ島撤退後の作戦方針打ち合わせのとき、「ソロモン方面の防衛態勢の強化」について、海軍側は、敵の航空威力圏からラバウル要域を守るためには、なるべく遠くに敵を押さえつけて、つとめて前方に防衛主線を張りだす必要がある、と主張してやまなかった。

したがってその時すでに、最前線の島の守備軍は太平洋戦争の経過的結論として、はじめから「玉砕の運命」におかれていたのであり、わが上級作戦指導部一流のやり方をみても、それは容易に想像ができるし、また数多い前例も、それを裏書きしていたのである。

「言挙げせず」というのが、軍人の美徳とされている。どこの国の軍隊でも、第一線部隊が作戦命令に文句をつけるようでは、それこそ戦ができなくなるから、当然この戒めは軍隊と名のつく社会には共通の基本的規律になるわけである。しかし、それが血も涙もない一方的な押しつけになりさがると、いずれは戦争は失敗するのものである。

「クラ湾夜戦」で司令官以下三〇〇名戦死

陸軍の佐々木支隊長は、すこしどすのきいた声で、語りはじめた。

「諸君もご承知のように、目下の戦況は、一刻のためらいも許さないほどの、さし迫った危機に直面しております。現在、敵の攻撃でわが軍に最大の損害をあたえているのは、レンドバの重砲群であります。そして、これをたたきつぶさない限り、わが軍に生きる道は、ほかにないものと確信します」

そして佐々木支隊長は、陸海軍大発の全力をあげて、コロンバンガラ島にある歩兵第十三連隊の主力をもって、七月四日、夜陰に乗じ敵の舟艇にまぎれこんでレンドバに上陸して、敵重砲兵部隊を撃滅する逆上陸作戦の決行を提案した。

米軍の舟艇は、船団からの揚陸やルビアナ島への往復が頻繁なので、その情況をうまく利用すれば、作戦はかならずしも不可能ではないし、たとえわが舟艇の半分が沈められても、かなり大きな成果があるだろう、というのが佐々木支隊長の確信であった。

海軍の大田司令官と今井参謀が何事かを打ち合わせた後、今井参謀が発言した。

「佐々木閣下のご提案は、いちいちごもっともでありますが、連日の砲爆撃のためわが支隊保有の陸海軍舟艇に少なからぬ被害があり、ただいま使用可能の大発は、全部でわずかに三隻しかありません。これではとても、まとまった兵力の輸送はできません。そのうえ、七月四日、五日には、味方駆逐艦の輸送がおこなわれるので、ほとんどの大発を、これに充当する必要があり、この夜襲のための大発の手配は、まったくつきかねます」

結局、陸軍と海軍の意見はまとまらず、佐々木支隊長は憤然として、会議の終了を告げた。

しかし、大田司令官が、それから佐々木支隊長と何度も打ち合わせをおこない、また会議を再開して、ようやく「四日は無理だが、五日には夜襲を決行する」ということで、話はまとまることになった。

しかし、逆上陸作戦というものを、どうも日本の司令官は、強行したがる傾向があった。

この作戦は、上陸してきた敵が橋頭堡をまだ固めないうちに、虚を衝いて敵の中央部に逆上陸して行って敵の本部になぐり込みをかけ、同時に奥地の友軍も猛攻をくわえて、その橋頭堡を一挙に水際で撃滅してしまうというものである。

だから、もし成功すれば、「寡をもって衆を敗る」に類する、まことに劇的な、痛快きわまる戦果があげられるかもしれない。そのことは、戦国時代の桶狭間の急襲や、源平合戦の一の谷の鵯越の奇襲における史実にもみられるが、それはあくまで運よく敵の虚を衝いた場合だけであって、ガ島で、わが軍のやり方をよく研究しつくしてきている米軍に、はたして通用するかどうかは、保証のかぎりではない。

また、制空権も制海権も持たないわが本隊が、せっかくの逆上陸部隊の決死行に呼応して、その戦果を拡大してやれるような手をさしのべることができるかどうかも、はなはだ心もとないのである。

太平洋戦争で、ガダルカナル島、ニューギニア、西カロリンなどでおこなわれた類似の上陸作戦が、前述の危惧されたような理由で、ことごとく失敗に帰していることを思えば、二度とふたたびこのような愚劣な作戦をおこなうべきではなかったのである。

それでも現地の情勢にうとい中央では、佐々木支隊長が「逆上陸を敢行したい」という意見具申を南東方面軍に出した電報を傍受してそれを知ると、暗に、これを支持するような意味の、督促めいた電報を二度までも打ってきた。さすがに南東方面軍では、逆上陸は不可能と知って、中央からの電報をにぎりつぶしてしまった。

とにかく、ひどい戦線であった。何かやらねばならないのだ。だからといって、制空、制海両権をおさえている驕慢な敵にたいして、孤立無援の一支隊に、何ができるというのか。

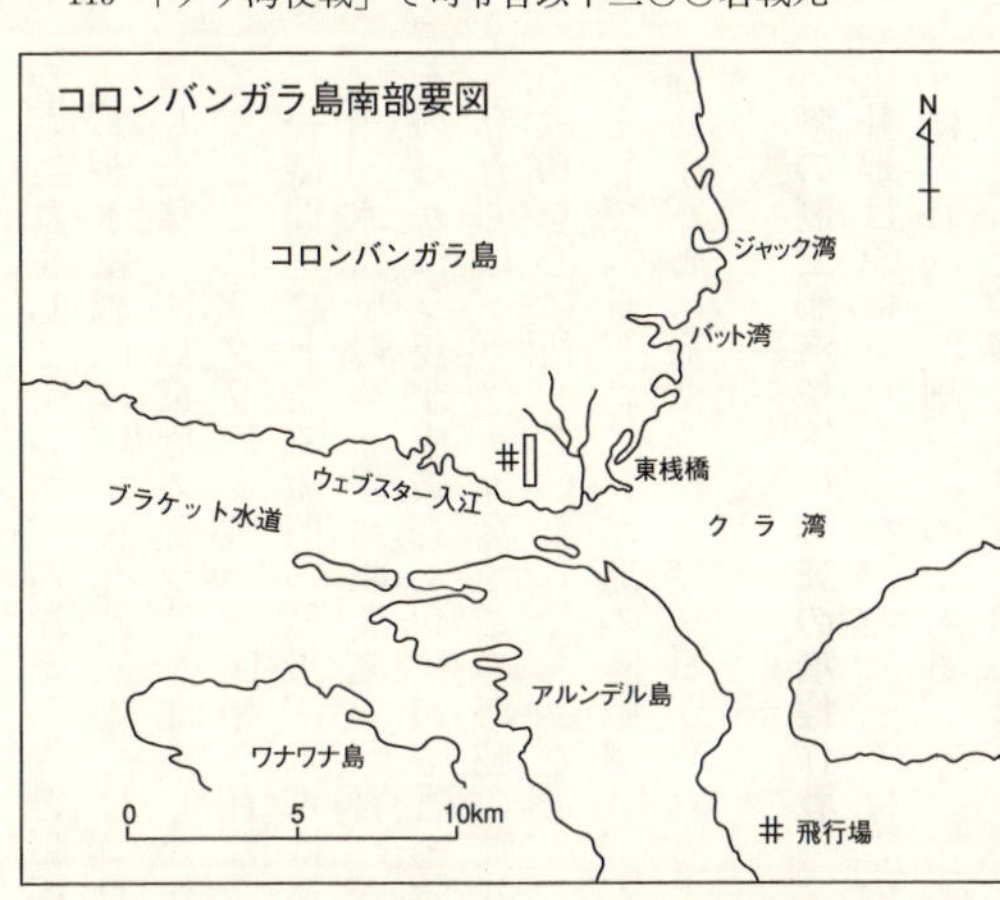

いっぽう、海軍の現地最高指揮官である南東方面艦隊司令長官は、当然のことながらソロモンの現戦線を死守することを決定して、所在の駆逐艦の全力をあげて増援の陸兵輸送と、敵の艦艇の撃滅作戦を開始した。

そして七月四日の夜、わが駆逐艦八隻は、コロンバンガラ島の東方海面でアメリカの巡洋艦四隻、駆逐艦四隻と遭遇して交戦し、駆逐艦「ストロング」を撃沈したが、わが方は企図をさとられたので、その夜は増援部隊の揚陸を断念して、ブインにひきかえした。

ついで翌五日夜、ふたたび第三水雷戦隊の駆逐艦九隻が、陸兵を輸送してコロンバンガラ島に向かったが、こんどは米軍はわが方のブイン出撃時からこれを知っていて、巡洋艦三隻と駆逐艦四隻を迎撃にさしむけてきた。

わが水雷戦隊は、午後九時三十分にコロンバンガラ島泊地に着いて、陸兵一六〇〇名を揚陸した後、同島東側のクラ湾を北上したが、午後十一時ごろクラ湾の北方で米艦隊と遭遇して、ここに「クラ湾夜戦」が開始された。

一時間半にわたる激闘の結果、米軍は巡洋艦「ヘレナ」が沈没し、それにたいしてわが方は第三水雷戦隊の旗艦の駆逐艦「新月」が沈没、「長月」は座礁後被爆大破して放棄され、そのほかに三隻が中破したが、司令官・秋山輝男少将以下三〇〇名戦死の犠牲者をだした。

私たちは、ガノンガ島でこの海戦の彼我の砲声を遠雷の轟きのように聞きながら、わが軍の成功を心に祈っていたのであった。

そして六日、ガノンガ島の陸戦隊は、ムンダの司令部から電報で、コロンバンガラ島に復帰せよ、との命令をうけて、日が暮れると大発三隻に分乗していっせいに引きあげていった。

敵の制空制海権下に必死の増援作戦

基地は急にさびしくなった。とくにこのような孤島にいると、味方が減っていくのは、いうにいわれず心細いものである。

しかしその後もガノンガ島には、ブインから最前線行きの機帆船が毎朝未明にまちがいなく入港した。一〇〇トンちかい大型船のときは一隻で、五〇トン前後の船は二隻で、というぐあいでやってきた。これが順調にいけば、最前線の補給もなんとかなるのだが、月齢が進むにつれて夜の航海も危なくなりはじめた。

はじめ輸送隊がこの島に来たときは新月であったが、月齢が五日、六日となると、月のでている間はもう油断がならないのである。敵の飛行艇が日が暮れて一時間くらいするとやってきて、バガ島とガノンガ島の間の水道の上を、しつこく低空で、往復哨戒をやりだしたのである。

七月七日の夜、二回目の復航の機帆船が、ガノンガ島を出港して二時間ぐらいあとに、敵機に発見されたらしく、しばらくの間、飛行機の爆音と爆弾の破裂する轟音が何度も鳴り響いていた。そして翌朝、北の方の水平線に、太い黒煙がもうもうと上がっているのが見えた。こんなことが数日つづいたが、結局、帰りの機帆船が半数くらいこの爆撃にやられてしまった。

ところが七月十日の夕刻にカヌーに乗った陸兵が二人、対岸のベラ・ラベラ島から潮の流れのはやいウィルソン海峡を、命がけでわたってきて、輸送隊に救助を求めた。

彼らの話をまとめると、こうであった。

〈ここ数日来の敵機のバガ水道における爆撃のため、五隻の船が炎上沈没してしまったが、乗組員と便乗者は、それぞれ伝馬船に乗ってベララベラ島に避難して現在、島の海岸のジャングルの中に遭難者八〇名ばかりが集まっている。椰子の実や野生の果実などを食べて露命をつないでいるから、なんとか助けにきてほしい〉

輸送隊ではすぐ大発一隻を用意して、兵曹長の指揮する一〇名の武装兵と衛生兵、救急薬、応急糧食、飲料水などを積んで、その陸兵二人を案内に乗せて出発させた。大発は三時間ほどで全員を無事に収容して帰ってきたが、彼らはみな、着のみ着のままの裸足で、かなり衰弱していた。基地では大きな握り飯と缶詰の肉などをだして慰労し、ありったけの毛布をもちだして、陸戦隊の残していった仮小屋の床に休ませた。

翌日、日が暮れると最後の機帆船に遭難者全員を乗せ、ウィルソン海峡通過時に月が没するように時間をおくらせて出港させたので、敵機に発見されず無事にブインに帰着することができた。

また、陸兵がやってきた七月十日の夜、わが方は駆逐艦八隻で、歩兵第十三連隊の残部九二七名をラバウルからコロンバンガラ島に輸送することに成功した。

連合艦隊司令部では現地の戦況を分析して、ニュージョージア島の敵を追い落とすことは、目下のところ困難であるとさとったようであった。そして、連合艦隊の海空の実力と態勢の建て直しが一段落して、ふたたびこの方面に押しかえしてくる日まで、持久作戦をとることを期待した。

さしあたり必要な兵力の増援をおこなうために、七月十二日の夜明け前に第二水雷戦隊の旗艦「神通」と駆逐艦五隻が支援隊になって、陸兵一二〇〇名を別の駆逐艦四隻に乗せていっせいにラバウルを出撃して、コロンバンガラ島にむかわせた。米軍はわが方の出撃を知って、これを阻止するため同日夕刻、巡洋艦三隻と駆逐艦一〇隻を、ツラギからコ島方面にさしむけてきた。

翌十三日の午前零時三十分ころ、米夜間偵察機はわが巡洋艦と駆逐艦五隻を発見して、指揮官に報告した。しかしこんどは、わが方は新式の電探逆探知機をそなえていたので、米艦の電探の電波衝撃を受信しこれを追尾して、敵の存在をすでに会敵の二時間前から知っていた。

午前一時八分ころ、彼我の距離が約九キロとなり、たがいに肉眼で認めあうようになると、ほとんど同時に両戦隊は戦端をひらいた。

数分後、電探と夜間偵察機の弾着観測の併用によって、すぐれた精度を発揮した米巡洋艦三隻の一五センチ砲の集中射撃をもろにうけた「神通」は、一〇発以上の砲弾と米駆逐艦の魚雷二本をうけて沈没し、司令官・伊崎俊二少将以下四八二名の乗員が艦と運命を共にした。

しかし、無傷のわが駆逐艦「雪風」「浜風」「清波」「夕暮」の四隻は、いったん北方に退いたのち、魚雷を次発装填してひきかえしてきて、午前二時ころ、おりから追撃してきた米艦隊に雷撃をくわえて巡洋艦三隻を大破、駆逐艦一隻を沈没させるという、大きな戦果をあげた。また、陸兵輸送の駆逐艦四隻は、その間にコロンバンガラ島西岸に進入して一二〇〇名の増援部隊を揚陸させた。

この海戦では、沈没した艦と損傷艦とを合わせてくらべれば、戦果の優劣はつけがたいが、わが方は増援部隊の揚陸に成功し、りっぱに作戦の目的を達成したのであった。

ただ残念なのは、おなじ海戦で戦死者の数は、敵は六一名であって、わが方の八分の一に過ぎないことであった。七月五日の海戦で、米巡洋艦「ヘレナ」の戦死者は一六八名で、これもわが方の二分の一であった。

このような結果になったのは、アメリカでは、沈没艦の乗員の救助に、海戦のあとあとまで八方手をつくして活動しているのに、わが方はほとんど見殺しにして、残存の艦は戦場をひきあげてしまったからである。制空権をもたない海面での海戦では、これもいたし方のない悲しい現実というべきかもしれない。

さて、七月中旬になって、月齢が十日を過ぎると、前線輸送は一時中止された。これから満月を過ぎて、月齢が二十日ころになるまでは、小休止である。

いっぽう、ニュージョージア方面では、七月二日の夜から三日の朝にかけて、レンドバ島の米軍は上陸用舟艇に乗ってムンダ飛行場の東方一〇キロのザナナ海岸に上陸を開始し、対岸ルビアナ島からの猛烈な重砲射撃と絶え間のない飛行機の爆撃の援護のもとに、所在のわが歩兵部隊をしだいに圧迫しながら、五日夕刻までに約三〇〇〇名の兵を揚陸させたのであった。

また五日には、ムンダの裏側にあたるクラ湾のライス泊地にも一部の米軍が上陸して、ムンダのわが軍の退路を遮断する態勢をとりはじめた。

佐々木支隊、ジャングルの白兵戦

そこで佐々木支隊長は、前に予定したレンドバ島上陸作戦を中止して、そのために待機させていたコロンバンガラ島の第十三連隊の主力二個大隊一三〇〇名を、九日夜、クラ湾を舟艇機動してバイロコに上陸させた。

連隊主力はバイロコに上陸すると、南東にむかって島を横断して、濃密なジャングルの中を山をこえ谷をわたるという難渋な行軍をつづけた。ろくに地図もない地域を、腕巻用の小さな磁針を唯一のたよりにして、先頭の二名が交替でジャングルを切りひらきながら、一歩一歩とザナナの敵上陸地点の側背をめざして進むのである。

七月十四日の午後、ついに敵陣の一角にたどり着いた連隊は同夜、大隊別にわかれて敵陣に切りこんでいった。一時は相当の戦果をあげたが、翌朝明るくなると、米軍砲兵隊の猛烈な集中砲火をうけて部隊全員が危険にさらされたので、やむをえず弾幕地帯の外方に退避した。

しかし、圧倒的な兵力と物量と機械力にたよる米軍も、わが軍の死にもの狂いの激しい抵抗にあって、戦死傷と病人が続出した。なかでも病人の大半は〝戦争ノイローゼ〟で、そのため動きもだいぶにぶって、地上の戦線はつかのまの膠着状態を示した。

しかし、米軍の重砲の射撃と数十機の飛行機の編隊爆撃だけは、連日反復しておこなわれた。これにたいして、敵の正面で対峙していたわが歩兵第二百二十九連隊の第二大隊は、機関銃がすべて破壊され、連隊砲も残弾がなくなったので、大隊長以下抜刀して白兵で敢闘していた。

七月二十二日になって、佐々木支隊長は第十三連隊主力が、敵弾幕の外方に後退集結したのでは、せっかく同隊が先にあげた戦果の持続性がないとして、第二回目の攻撃を命じた。そこで二十五日夕刻から、ふたたび同隊は、第二百二十九連隊の左正面の敵を攻撃するために行動を開始して、二十八日には前進してきた米第百四十八連隊と正面から衝突して激戦をまじえた。

米軍の遺棄死体一五〇、牽引車一五台、速射砲四門を破壊するなどの戦果をあげたが、わが方にも相当の損害があった。

米軍は、上空にたえず弾着観測機を飛ばして、重砲隊にわが軍の位置を通報させていた。

ちょうど第十三連隊が谷間にはいったとき、エンジンを絞って音を殺して滑空してきた観測機に、連隊本部が発見されてしまった。

まもなく、米軍の重砲弾がその谷間に落下しだしたが、しだいに弾着が修正されて、ついに至近弾になると、つづけて集中射撃がはじまった。その一発が、散開していた連隊本部の真ん中に落下した。赤沢軍医中尉が右脚をとばされ、連隊旗手も吹きとばされて戦死した。連隊副官の木原大尉は、胸を貫通されて片手で吹きでる血潮をおさえていた。

連隊長の友成敏大佐は、旗手が吹きとばされて軍旗が地上に投げ出されたのを見ると、声を張り上げ「軍旗を地面に倒すやつがあるかっ！　だれか軍旗を捧持するんだ！」と大喝した。それを聞いて、釜崎曹長が砲煙の中からおどり出てきて軍旗をとりあげると、しっかり立て抱えて、「軍旗は、釜崎が持ちました！　田島曹長、吉田曹長、連隊長を誘導して、はやくここから出るんだ！」と叫んだ。両曹長は、すかさず連隊長をたすけながら、谷間から一気にジャングルの崖を駆け上がった。

ニュージョージア方面の戦況が窮迫してきたので、中央も連合艦隊も、ブーゲンビルの緊急補強を考えて、七月二十二日、ラバウルで水上機母艦「日進」と駆逐艦三隻に砲兵一個大隊および歩兵三個大隊の兵力と重火器を満載して、ブーゲンビルのブインにむけて送りだした。

しかしガ島作戦以来、米軍がこのような増強兵力の輸送をだまって見のがした例はなかった。はたして、二十二日正午ころ、ブインの目と鼻の先で、米重爆、軽爆などの四六機と戦闘機三〇機以上が大挙して来襲した。わが方も護衛として一六機の零戦がいて、死力をつくして戦ったが、優勢な米戦闘機に圧倒されてどうすることもできず、わずか三〇分で「日進」は沈没、軽戦車、重火器そのほか大量の兵器弾薬と人員の大半を失ってしまった。

艦隊司令部も、これ以上艦船を沈めることの無益さをおそまきながら悟って、この方面はもはや潜水艦を使用する以外の補給は不可能であることを、肝に銘じたのであった。

この「日進」の悲劇は、前にも書いたが三月初頭のニューギニアのラエ増強作戦における第五十一師団の船団が、ビスマルク海で全滅したときの再現であった。そのときは敵の航空撃滅戦を事前にやらなかったから、そのような惨敗を喫したのだ、と作戦指導部は、あとでいろいろと反省しあったものである。

ところが、こんどの場合も、それ以外の何物でもないのである。まさかとは思うが、こんどの輸送作戦計画者が、この作戦を「これは別のケースだ」と思って立案したのではなかったことを、願うのみである。

当時ブーゲンビルには、ブインとバラレに既成の飛行場が二ヵ所もあったのだから、戦闘機が足りなければ、陸軍機を狩りだしてでもよいから、常時六〇機を在空させる程度の護衛をつけてやるべきで、それでも沈められたのならば、まだ、あきらめもついたことであろう。

それから、二十四、五の両日、ブインで海軍の各司令部の作戦会議がおこなわれたが、首脳部たちは、内心では、（中部ソロモンの防衛戦の維持は、もはや困難であるから、ゲリラ戦で敵を押さえながら、徐々にラバウルの線に後退すべきである）と思いながらも、公式の席上では、だれもこれを押しきって発言する勇気のある者はなく、「ニュージョージアを絶対に確保する」という、あいかわらず聞こえはよいが、なに一つ確かな裏づけのない議論で、お茶をにごしていたのであった。

ついに補給ならずムンダの危機迫る

七月二十五日に、ムンダの米第十四軍団は、わが主陣地にたいして軽戦車を併用して本格的な攻撃を開始した。

また、駆逐艦の艦砲とムンダ正面の諸島の重砲をもって、わがムンダ陣地一帯を側面から猛撃し、二〇〇機以上の飛行機が地上部隊の攻撃を援護したので、わが方の陣地一帯は、樹木が倒れてジャングルはほとんど野原にかわり、わが歩兵は敵にさらされてますます損害は増大した。

それでも、歩兵第二百二十九連隊の将兵は、歯を食いしばって、破甲爆雷をかかえて敵の戦車にとびかかるなどの、壮烈な肉弾戦を展開した。しかし、すでに連隊の戦力は三分の一以下に低下して、三十日には、一個中隊が四、五名になったところもできた。

佐々木支隊長は、七月二十六日、南東支隊の戦力はもう限界にきていると感じたので、上級指揮官であるブインの第八艦隊司令長官にあてて、照会の電報を打った。

小官ラ就任ノ際ノ御示シニヨレバ「ムンダ」「コロンバンガラ」ノ確保ハ両地ヲ拠点トスル攻撃作戦ヘノ展開ニアル如ク諒承シアリ

シカルニ今次作戦開始以来スデニ一ケ月ニナラントスルニ拘ワラズ　将来ノ攻撃方針ニ関

シ何ラノ御示シモナク各部隊ハ連日連夜砲爆撃ニモ拘ワラズ勇戦力闘敵ニ多大ノ損害ヲ与エアルモ我ガ方ノ損害逐次増加シ戦力低下ヲ来シアリ
加ウルニ「ムンダ」付近ハ熾烈ナル砲撃ニヨリ「ジャングル」ノ特性ヲ失イ　現在ノ編制装備ヲモツテシテハ徒ラニ損害ヲ多カラシムルノミナリ　故ニ若シ従来ノ方針ニ変化ナシトセバ迅速ニ施策シ各部隊ニ前途ニ光明ヲ与エラルルヲ必要ト認ム

これは、艦隊司令部としては、痛いことを言われたものであった。

勿論、艦隊は、方策を講じていないわけではなかった。駆逐艦や巡洋艦を何回も派遣したのは、これまで述べてきたとおりであった。しかし、その大半は米軍に阻止されて、結局、最前線を維持するだけの補給さえできないで今日に至ったのである。

その電文は、剛気な佐々木支隊長が「中部ソロモンは海軍が主張して、防衛主線を引いたところではないか。それにもかかわらず、海軍は何をしているのか」と言いたいのを、ぐっとこらえたような文面であった。

第八艦隊司令部は、電報をみて二十九日の夜、いそいで首席参謀を水上偵察機で佐々木支隊長のもとに差しむけて、「わが航空勢力は、八月中ごろからしだいに優勢になって、連合艦隊は九月中ごろには、艦隊の全力をあげて総攻撃をおこなうから、あくまでも、ムンダ、コロンバンガラ地区を確保せよ」という意味の回答を手渡した。

しかし、ニュージョージアの現実の戦況は、いっそう深刻なものになっていて、単なる口先の気休めぐらいで食い止められるほど生やさしいものではなくなっていた。

ついに八月四日、南東支隊はムンダの飛行場を放棄して全線にわたって大幅に後退して、北方の丘陵地帯に新しい防御陣地を築いた。すでに第一線の兵力は、陸軍一四〇〇名、海軍六〇〇名に減少して、重火器をほとんど失ってしまった支隊は、ひたすら援軍の到着を待つばかりであった。

第八方面軍も、これを捨ててはおけないので、最後の望みを託して駆逐艦四隻に陸兵九〇〇名と軍需品五〇トンを積みこんで、ラバウルから送りだしたのである。

八月六日午前一時半ころ、それらの駆逐艦はベラベラ島にたっして、島の東方一〇キロ付近を全速力で南下したとき、ギゾ島方面から哨戒のため北上してきた米駆逐艦六隻に、レーダーによって一八キロも手前から発見されてしまった。

米軍は、魚雷発射準備をととのえて七キロまで接近してきたが、レーダーを持たないわが駆逐隊は、うすい靄（もや）のたちこめる視界四キロの海面では気づくわけもなく、そのうえ、レーダー照準で魚雷まで射ちこまれたのだから、救いようがなかった。

魚雷は多数が命中して、午前二時前後に「萩風」「江風」「嵐」があいついで沈没し、「時雨」だけは、かろうじて離脱してブインに帰投した。

やはり「レーダーの有無による決定的な敗北」、つまり技術の遅れによる敗北であった。

アメリカ側は、この海戦を「ベラ湾海戦」とよんでいるが、これによってわが方は八二〇名の陸兵と七〇〇名の駆逐艦の乗員が戦死し、大量の軍需品も海没した。そして中部ソロモンにたいする補給輸送は、これが最後となった。

佐々木支隊長は、「ベラ湾海戦」で増援部隊のくる望みが消えたので、現有兵力でこれ以上ニュージョージアを持ちこたえることは、もはや無理だと判断した。そこで支隊の主力をコロンバンガラ島に移して同島の防備をかためさせ、一部の兵力だけをニュージョージア島とコロンバンガラ島の接点付近に残そうと考えて、所要の命令を下達した。

ところが、その命令の要旨を第八艦隊司令部に報告したとたんに、意外な反対をうけてしまった。その反対の主旨は、「ムンダ飛行場を敵に利用させないことが、最も緊要である。全力をつくして、ムンダを砲撃制圧しうる態勢を確保せよ。制圧のため必要ならば、山砲を潜水艦で送る」というものであった。

おそらく支隊長は、「何もわかっていないんだなぁ、この人たちは」と思ったにちがいない。もともと、戦術思想を異にする海軍指揮官が、陸戦を指揮しているのだから、多少の不合理は承知のうえであった。

当時、支隊はムンダ飛行場を砲撃できる位置に砲台を確保していた。しかし問題は「兵力配備」のことではなく、弾薬の欠乏なのであり、つまりは一発射てば一〇〇発の〃お返し射撃〃と、しつこい爆撃が集中されるような、おおもとの原因をなしている制空権の欠如にあったのである。

佐々木支隊長は、艦隊の頑迷な指示にたいして、それを受ける旨の返電をしたが、その末尾につぎのように付けくわえた。

ナオ「ムンダ」ヲ制圧スルモ制空権コレニ伴ウニアラサレハ直チニ砲爆撃ニヨリ破壊セラルルニ至ルヘキヲ以テ作戦上緊急ノ時機ニオケル制空に関シ万全ヲ期セラレ度

上級司令部は、この期におよんで、「ムンダの飛行場を敵に使わせるな」とヒステリックにいうが、そもそもムンダの飛行場に、わが航空部隊がついに一機も進出できなかった不手際の責任は、いったいどこにあるのか。

部下おもいの佐々木支隊長は、りっぱに任務をまっとうしたものの、同時に、部下の生命をいとおしんだことであろう。

これまでの経過中、たびたび魚雷戦の場面があったが、ここで魚雷（魚形水雷の略称）のことについて少し説明しておきたい。

魚雷の形は魚よりもむしろ葉巻に似ていて、直径は四五～六一センチメートル、長さが七～八・五メートル、重量は一〇〇〇キログラム前後である。全体は厚さ四ミリ内外のステンレス鋼板で作られ、とくに気室は二〇〇気圧の高圧の圧縮空気（または酸素）を充塡（じゅうてん）するので、材質は特殊鋼を用い、溶接ではなく、分厚い鋼材から所定寸法の円筒状の気室を水圧機で押し出して作り上げる。それだけに機室一本に当時の金で一万円もかかり、これが魚雷全体の製作費の半分を占めたという。当時、総理大臣の年俸がちょうど一万円であったことを思えば、魚雷がどんなに高価な兵器であったかがよくわかる。

魚雷が、敵に向かって水上艦艇、潜水艦、飛行機などから発射されると、着水あるいは水中射出と同時に起動弁が開いて、気室の高圧の圧縮空気が、調和器をとおって使用圧力に減圧されてでてくると、急激に膨張して気体の温度がいちじるしく低下して（この現象を物理学でジュール・トムソン効果という）、充分なエネルギーを発揮できなくなるので、これを燃焼室に吹き込ませて同時に燃料タンクの灯油を燃焼室天井にあるバーナーから噴射させて火薬で点火し、また清水タンクの水を燃焼室内上部から散水させると、燃焼室は火炎と水蒸気と熱風の強力な混合気体を発生して、それを主機械のシリンダーに送り込んでそのピストン・エンジンを力づよく発動させるのである。

　また舵は縦舵と横舵があって、魚雷の針路と深度を正確に保たせるようになっている。すなわち、縦舵機はジャイロの装置で発射の瞬間の魚雷の軸線の方向をずっと保持して、駛走（しそう）中の魚雷が左右に頭を振ると縦舵機が作動してジャイロの軸線にもどるように自動的に舵をとり、また同時に深度機は発射前に調定された魚雷の深度を正しく守るように魚雷の尾部に水平にとりつけられた横舵を自動的に操舵して、深度の誤差を修正する。これは深度機底部の水圧板が受けるわずかな凸凹の動きと、魚雷の軸線の俯仰によっておこる深度機の吊錘（ちょうすい）の前後の傾きが相関的に働いて横舵機を制御する精巧なものである。

　また推進機は、前後に二個あってたがいに逆回転するのであるが、これはヘリコプターの二個の回転翼がたがいに逆回転しているのとおなじ理由で、魚雷の胴体が一個の推進機だけでは、その回転による反動で縦軸のまわりに傾斜するので、それを消去するためである。もしそうしないと縦舵と横舵がそれぞれの本来の働きから逸脱して、魚雷の航走を不正確なものにしてしまうからである。

　また爆薬は三〇〇～五〇〇キロもあって、これが敵艦の水面下中央部に命中すれば、一発で巡洋艦、小型戦艦などを轟沈することも可能であった。とくにわが海軍が使用した酸素魚雷は、前記の圧縮空気のかわりに純酸素を用いたので、その威力はまさに驚嘆すべきものであった。

このように、わが海軍の魚雷は文字どおり圧倒的な強みがあり、米海軍はこれを〝長槍魚雷〟と呼んで恐れ、ソロモン海の数次の夜戦でわが駆逐艦はしばしば偉功を奏したのであった。

また酸素魚雷は、排気ガスが炭酸ガスだけなので、昼間、魚雷の航跡はあぶくが水面にたっする前に大半が海水に溶けてしまって水面に現われないので、無航跡魚雷として、これ(五三センチⅠ、Ⅱ型)を使用したわが潜水艦は、いっそう威力を発揮できたはずなのだが、結果的にさほどの成果を見られなかったのは、潜水艦作戦用兵の根本方策がよほど不適切であったのであろうか。

また、わが水上艦艇も、敵のレーダー射撃と航空機の威力にたいして、この優秀な魚雷をもってしてもついに抗し得なかったのである。全般を通じての作戦不首尾のロスが余りにも大き過ぎたことと合わせて、まことに残念なことであった。

ところで、この恐るべき酸素魚雷は戦前はやくから列強も一応の着想をもっていて、何度も開発を試みようとしたが、なにしろ酸素は水素と出会うと魚雷の空気弁の開閉などの少しの摩擦熱でも爆発をおこす危険があり、そのうえ、魚雷の緻密な機械部分はいたる所に油が引いてあり、油は動物、植物、鉱物性を問わず、全て炭化水素の系列下にあるのだ。英海軍でもこの魚雷の試験中に爆発の惨事をおこして、ついに開発を断念した。わが海軍も大正の中期に死傷者をだして、「敵をやっつける前に味方がやられる危険な兵器」としていったん手を引いたことがある。しかし昭和期にはいって、油類を全部やめて海水で潤滑する方式を採用して、ついに取り扱いの安全な酸素魚雷を完成したことは、ねばり強いわが技術陣の勝利として、まことに賞賛に値するものといえよう。

こうして、魚雷は一応安全になったが、酸素はやはり油断のならぬものである。駆逐艦、巡洋艦、潜水母艦などに装備された酸素発生機で、それぞれ魚雷の気室に酸素を充塡するのであるが、その方法は、まず液体空気を作り、つぎに中に混合されている沸点の低い液体窒素を気化させて除去しては酸素の濃度をたかめ、これを繰りかえしてできあがった純酸素をポンプで気室に送り込んだのである。

しかし、巡洋艦などで一本の魚雷を装気するのに一昼夜もかかり、装気中は「水雷科担当の大尉以上の将校が必ず在艦すべし」という、きびしい達しがでているので、軍港地などで酸素魚雷の準備をするときは、水雷部員の多くが上陸を差し止められた。しかしそれには抜け道もあり、海軍工廠に魚雷を持ってゆくと、厄介な装気を一手に引き受けてくれたので大いにありがたいことであった。

9 余命わずかコロンバンガラ島

舟艇基地をベララベラ島へ移動

断片的に入ってくる作戦関係の電報をみていると、ニュージョージアの戦況が日増しに悪化していくのがわかり、私は前途に不安なものを感じていた。

そこで、ガノンガ島の基地隊員にたいしては、米軍が来襲してきた場合の防御方策を指示して、万全の準備を整えさせたが、七〇名たらずの少数部隊では、敵がくれば玉砕することはわかりきったことであった。

ところが、八月十五日の朝、すぐ対岸のベララベラ島の方から、砲声と爆音が鳴り響いてきたので、これはただ事ではないと思って、丘の上から遠望すると、目の前の海峡をアメリカの駆逐艦が一隻、通過するのが見えた。

この白昼に、ブインからわずか一五〇キロの海面に現われるとは、なんとも大胆な奴だ、と思いながら、急いで「敵駆逐艦見ゆ」の電報をブインの司令部あてに打たせた。

しかしその朝は、ブインの司令部は駆逐艦の一隻ぐらいの騒ぎではなかった。

米軍は、十五日の朝、輸送船二隻と巡洋艦、駆逐艦などの十数隻で、六〇〇〇名の兵力をベララベラ島の南端付近に上陸させたのである。この島には、わが軍は北の端に、一個の分隊の陸戦隊員の対空見張兵を派遣しているほかは、なにも配備していなかった。

米軍は、ニュージョージア島のつぎに、コロンバンガラ島をぬかして、このベララベラ島へ蛙跳び作戦をおこなったのである。つまり、コロンバンガラ島で、ふたたび佐々木支隊と力闘をつづけることは、かえって日本側の術策に乗って時間をかせがせ、その間にブーゲンビルの防備を固めさせることになると判断して、その裏をかいてベララベラ島に上陸したのであった。そうすれば、コロンバンガラ島の後方を遮断して、これを労せずして自然に立ち枯れさせることができるのである。

この戦法は、米軍がその後の反攻作戦に何度も繰りかえして使ったもので、上手の碁打ちのようなものであった。はたして、わが方のガノンガ島とコロンバンガラ島の輸送ルートは断ち切られたばかりでなく、ガノンガ島の正面に米軍の魚雷艇が動きはじめたので、この基地は早晩、封鎖される恐れがでてきた。

私は、エミュー・ハーバーの出口を魚雷艇に押さえられる前に、入江の中の舟艇基地を他へ移そうと考えて、調査隊を出して二日がかりで探しまわったが、ほかに適当な入江がみつからなかったので、ついに意を決してガノンガ島をでることにした。

二日目の午後、とりあえず「ベララベラ島の北岸に行って、舟艇基地を探す」旨を、ブインの司令部に打電して、その日の夕刻、七〇名の基地員と基地物件を大発二隻に満載してエミュー・ハーバーを発進した。

ちょうどその夜は、満月であった。大発が湾口にさしかかった時に、東の方のギゾ島のすぐ上に美しい丸い月がぽっかりと浮かび、湾のむこう岸の椰子の木がみごとな墨色のシルエットを描いていた。そして湾の外は、降りそそぐような月光をふんだんに浴びて、遠くの島までがはっきりと見えていた。

私は、ちょっとたじろいだ。こんなに明るくては、飛行機にも魚雷艇にもすぐ発見されてしまう。とにかく、今は落ちつくべきだと思って、湾口を出たところで、しばらく停船して様子をみることにした。

そのとき北の空が急に暗くなった。よく見ると、北の水道の方から濃密なスコールがやってくるではないか。願ってもないチャンスである。このスコールに、われわれの運命をかけることにして、大発をその方に向けると、全速力で走らせた。

スコールの中に突入すると、さわやかな雨滴が弾丸のように顔や耳や、そして全身を打ってきた。襟から流れこむ水滴で、下着までずぶぬれになってしまった。しかし、このスコールが、敵の飛行機や魚雷艇から大発を隠してくれるのだと思うと、ぬれることがむしろ楽しいのである。

鼻の先からしたたり落ちる生ぬるい雨水を口にふくみながら、口笛を吹きたいような気持ちで「スコールよありがとう、スコールよありがとう」と、心の中で何度も繰りかえして言った。

天の助けといおうか、スコールは一時間以上も降りつづいたので、その間に大発は最も警戒を要するウィルソン海峡を無事にとおり抜けることができた。

である。

月明下、命がけの〝険悪地〟突破

一難は去ったものの、スコールが行ってしまえば、すぐ真昼のような月明が待っているのである。

そこで私は、スコールのある間にバガ島の入江に潜入して、しばらく天候のぐあいをみようと思ってバガ島に近寄ったが、その時、目の前数百メートルの浜の椰子林の真ん中に激しく雷が落ちるのを見た。

それは一瞬、天と地の間に白熱する光の細ながい垂直の棒が一本立ったようであり、その棒の根元の海岸の椰子の木が、火花を散らして砕け飛んだ。その瞬間の輝きで、あたり一面が明るくなったので、はじめてわかったのだが、海岸は高い磯波が荒れていて、とても近寄れないのである。私は、急いで艇を反転させて岸から遠ざけると、北に針路をとった。

そのころ、二時間ちかく降りつづいたスコールが、舞台の幕を開けるように南に引き下がると、やがて月が南東の中天の、いま去ったばかりのスコールの密雲の上からぬっと顔を出した。あたりに、ぞっとするような明るさが、ふたたびやってきた。

しかし、その密雲はかなりの高度まで盛り上がって、ガダルカナル島の方へ動いているから、その方向からくる敵機は、たぶん引き返すかもしれない。まだ、一、二時間は、だいじょうぶだろう。

海図をみると、われわれの行く手一五キロにわたって「はなはだしき険悪地、一般に激しく波浪す」と書かれた海面が、ベラベラ島の西岸の中央部に南北にひろがっていた。

この険悪地は、海面に激しくたちさわぐ白波が、おりからの月光をまともにうけて雪原のように白く浮き上がっているのが望見された。一帯は火山列島である。おそらく、昔あった噴火のときに、大量の熔岩が海中に流れこんだのであろう。ふだんなら、こんな危ないところは避けるのであるが、私は、これを逆用することにした。

満月の夜に、二隻の大発が白波をけたてて走れば、たちまち敵機に発見されてしまうので、この大発のたてる白波を、険悪地の白波にまぎれこませることを考えたのである。そして、そのために大発を、険悪地の外縁すれすれを走らせることにした。

これはちょうど、うねうねとした絶壁の縁を車で走るのとおなじに、細心の注意が必要であった。一瞬もわき目はふれないのである。険悪地は、岸まで七、八キロはあるから、艇がいったん座礁したら、おそらく、われわれは岸まで無事にたどりつけないだろう。

艇の横にひろがる険悪地には、奇岩怪石が遠近さまざまの形で雑然と散在しており、一つ一つが波と格闘して高くしぶきをはね上げていた。

また縁の外側には、水面下すれすれに、波をたてない暗礁がかくれているので、これは月明かりで手前から透視して発見するよりほかに手はない。そこで大発の艇首に見張員を配して、海面の色の変わりぐあいなどを、双眼鏡で厳重に調べさせた。

二時間近く、神経のつかれる航走をおこなって、ようやく険悪地の北のはずれに来たころ、米軍機が一機、沖の方を飛んで行ったが、われわれには気づかなかった。つぎの哨戒機がくるまでに一、二時間はあるだろうが、それまでになんとしても入江を探さないと危険である。

私は、作戦用図をだして、陸戦隊の見張所の略図を調べた。

岸辺のジャングルの高い木立が、月明かりにあざやかに照らしだされて、こんもりとした影を投げかけている。

執拗なグラマン戦闘機の機銃掃射

やがて、目的の入江らしいものが目にはいったので、大発の速力を落とし、入江の奥の小川の茂みに入りこんだとき、「だれかっ」と、大声で誰何（すいか）してきた。

艇首にいた兵が、即座に、「海軍第一輸送隊長・種子島少佐乗艇」と、大声で答えると、茂みの中から、

「佐世保鎮守府第六特別陸戦隊、第五見張所員、戸田一等兵曹。異状なし」

と、明快な返答があった。

これは、われわれ輸送隊が目当てにしてきた陸戦隊の対空見張所の兵士たちで、総勢七名の兵曹と水兵が、戦闘準備の構えで立っていたのである。

彼らは、一昨日、ベララベラ島の南端に、敵の大軍が上陸したという電報を、ブインの陸戦隊本部からうけたので警戒していた。ところが、南の方から大発が二隻並んで、勢いよく入ってきたので、早くも敵の先発隊が進撃してきたものと覚悟を決めて、軽機関銃の引金に指をかけて、茂みの中で待ちかまえていたのである。

危ないところであった。まかり間違えば、同士打ちをやりかねない場面であった。

やがて、くつろいだ輸送隊員が島の浜辺にでて、陸戦隊員と雑談をしているときに、北方のチョイセル島の上空に青色の吊光弾（ちょうこうだん）が一つ、ポーッと光るのがみえた。そして、その下の

海上から、数条の機銃の曳跟弾が空にむかって射ち上げられた。

そのとき向かって左の方、北西にあたる海上で、大きな発砲の閃光が二つ三つ見えた。同時に、チョイセル島側の海上からも射撃がはじまって、青や赤の火を吹く弾丸が、空たかく左手の方にむかって、ぞくぞくと飛びはじめた。

チョイセル島側が、あきらかにアメリカの艦隊であって、左方がわが艦隊である。敵の砲弾は、蛍のように火をつけてとぶので弾の行方がよくわかるが、わが方の砲弾は姿をみせずにとんでいるので、どこに行ったのか見当がつかない。

はからずも、彼我の海戦を側方から観戦することになったので、われわれは、固唾を飲んでそのなりゆきを見守っていたが、結局、最大射程の砲戦だけで、おたがいに目に見えるような損害（戦果）もなく、矛をおさめて引き上げたようであった。

味方が無事に帰っていったので、やれやれよかったと思ったが、実は、そのあとで別の海戦で味方がやられたことを、知らなかったのである。

この海戦は、「第一次ベララベラ海戦」といわれるものである。ベララベラ島北部に、あたらしく輸送基地を占領確保する任務をおびた「ホラニウ戡定部隊」という、古めかしい名前をつけられたわが陸軍二九〇名、海軍一五〇名の兵力が大発一三隻に分乗し、駆逐艦二隻、武装艇七隻が護衛して、十七日午前十時三十分に、ブインを出撃した。そして、うしろに第三水雷戦隊の駆逐艦四隻が、敵艦艇の出現にそなえてしたがっていた。

しかし、わが部隊の海上機動は、はやくも米軍偵察機が発見報告し、同日午後十時三十分ころ、これを阻止するために出てきた米駆逐艦四隻と、ベララベラ島北方の海上で遭遇して

「第一次ベララベラ海戦」になった。

わが上陸部隊は、海戦のすき間を抜けてベララベラ島の東岸のホラニウ港に突入して全員上陸に成功したが、後刻、引き上げてきた米駆逐艦の射撃をうけて、駆潜艇二隻と武装艇二隻、大発一隻などが沈没したのである。

勿論、われわれは、味方がおなじ島のホラニウに上陸したことなどはまったく知らず、その見張所で後命を待っていた。十八日午前に、ブインの司令部から電報で、「第一輸送隊長ハ基地ヲ撤収シテ『ブイン』ニ帰投セヨ」の命令がきたので、その日の夕刻出発するように準備をととのえると、午後はジャングルの中で休息した。

午後もおそくなったころ、低空でエンジンを絞ったような爆音がきこえてきた。「カラ、カラ、カラ」という、ゆっくりした金属音が混じっている。と思うまもなく、私たちの真上の椰子の梢すれすれに、大きな翼が下面のジュラルミン板の合わせ目の線やリベットなどをはっきり見せて、通ってゆくのが見えた。グラマン戦闘機である。

グラマンは、海上にでると急にエンジンを吹かして、爆音をひときわ高くあげると、機首をひるがえして突っこんできた。いきなり銃撃である。

ミシンで縫うようなリズムの機銃の弾着の轟音が、地響きをたてながらこっちに向かって驀進してきた。グラマンが、キューンとうなって機首を上げるときに、射線が地面から引き上げられると、それにつれて弾丸が上の木の枝にあたって葉っぱや小枝があたり一面に飛び散った。耳が痛いような破裂音が、頭上でひとわたり鳴り響いて遠のくと、最後に、無愛想なプロペラの後流が、木立をあらあらしく吹きなぐった。高くほえるエンジンのうなり声が、ながく尾をひいて上空をはるかに消え去ったかと思うと、グラマンは、また大きく旋回して海上に出ると、ふたたび突っこんでくるのである。

グラマン戦闘機が、毎回おなじ方向から飛んでくるから、どうも変だと思ったが、その原因はあとでわかった。

ちょうど私のいたジャングルの外側の浜と沖の珊瑚礁に、大発が一隻ずつ座礁して捨てられていたのを、グラマンが発見して、その奥のジャングルに、日本軍が潜んでいると思ったのである。そのころベララベラ島には、数次の海戦で沈没したわが艦船の乗員らの相当数が漂着して、ジャングルの中を歩きまわっていたので、グラマンがしつこい銃爆撃をくわえてきた理由がわかったのである。

翌日の八月十九日午前九時ころ、私は七〇名の基地隊員をつれて、五〇日ぶりにブインに帰着したが、そこではじめて、二日前、ベララベラ島のホラニウ港に上陸した海軍部隊一五〇名の中に、浅見少尉の指揮する第一輸送隊の基地隊員五〇名がいたことを知っておどろいた。

艦隊司令部は、コロンバンガラ島に近いホラニウ港を、これからの前線輸送の舟艇基地にするつもりでいたらしいが、この島の南岸に上陸した六〇〇〇名の米軍にたいして、わずか五〇〇名たらずの基地隊に何ができるであろうか。

答は簡単である。

つまり、敵がこなければ持つが、くればたちまち玉砕する、というだけのことである。

それでは、みすみすそんな犠牲をはらってまでこの小さな作戦に拘泥する必要が、どこにあったのだろうか。

理由は、要するに、ベララベラ島にコロンバンガラ島を失ったかわりの防空見張所を確保することであった。つまり、ラバウルの飛行機の保有量が最低の線まできたので、敵機の大編隊の空襲は、極力これを遠距離で早期に発見する。そして、わが方の迎撃準備を遅滞なくととのえて、飛行機の損害を極限しないと早晩、ラバウルのわが方の飛行機が、なくなってしまう恐れがあったからである。

もしも、ラバウルの航空兵力が壊滅すれば、もはや敵の上陸軍の大船団も阻止することは困難で、これは、ただちにラバウルの死命を制することにもなるから、絶対にゆずれないというのであろう。だから、ホラニウの小部隊の命脈は、まったく、時間かせぎの犠牲にほかならないのである。私は、苦悩する艦隊のソロモン作戦を思いながら、ホラニウ部隊の無事を祈るしかなかった。

積極果敢な米軍の機雷戦術

それからしばらくは、月明の夜がつづいたので、ニュージョージアの前線輸送は一時休止され、月末の再開を期することになった。輸送隊は、舟艇や兵器の整備をおこなっていた。

ある日、ブインの前面、ショートランド湾の南口の砲台からブインの司令部に、「砲台下の海岸に、敵の物らしい機雷が漂着した」という報告があった。

司令部が、機雷担当の士官を現場に派遣して調べさせると、機雷はまだ新しい米軍の磁気機雷で、どうやら南口一帯に敷設されている疑いがある、ということであった。

そこで、二隻の艦載水雷艇が、厚いゴムで絶縁された太い電線に電流を通したものを、掃海索に添わせて付近の海面を掃海したら、二個の機雷が爆発した。それからは、出入りに必要な中央水道の部分を掃海したが、これらの機雷を、いつ、どのようにして米軍が敷設したかが問題になった。

なにしろ南口は、水深が四〇〇〜五〇〇メートルもある深海である。このような深海に係維機雷（海底に錘の箱を沈めて、それからワイヤをだして、機雷を水面から一定の深度につなぎとめておく方式の機雷）を敷設するには、高度の技術を要するのである。

敷設の時期は、おそらく、六月三十日未明、敵の巡洋艦と駆逐艦が、おりからのスコールを衝いてショートランド島に近接して、艦砲射撃をおこなったとき、最後尾の駆逐艦が、珊瑚礁に接航して敷設していったものと推定された。これはレーダーによる正確な艦位測定ができれば、決して不可能事ではないが、それにしても、あざやかな手際である。

艦砲射撃で、まず湾内のわが駆逐隊をおびきだし、出てくるところを、機雷で仕とめようという戦法であったのだ。幸いその時、わが方は追撃して出るのを見あわせたのでこの手には乗らなかったが、彼らの機雷戦術はわが海軍のそれよりも、ひときわすぐれていることが明らかであった。

もともとわが海軍では、機雷を馬鹿にする傾向があって、機雷をあつかう士官のことを、かげで〝防備屋〟とか〝三等士官〟と呼ぶ習慣があった。

機雷は、敵の艦船のとおりそうな海面に、隠密に敷設しておいて、敵が機雷に掛かればよし、掛からねばもともとというような消極的な面のある兵器である。大砲や爆弾や魚雷のように、われから敵の方に進んでいって、いやおうなしに敵にくらわせる、という積極性がないために、自然に機雷をあつかう士官をかるくみたのであろう。

だがはたして、機雷はそのような消極的な兵器であったのだろうか。

今次大戦中、アメリカはB29で、堂々とわが国の心臓部である瀬戸内海一円に無数の機雷を敷設して、わが国の海上輸送を麻痺させてしまった。これは、申し分のない積極的な機雷戦術というべきで、ショートランドの機雷敷設も同様であるから、どうやらアメリカの〝機雷屋〟は〝三等士官〟ではなかったようである。

ついでに機雷のことに、もう少し触れてみよう。

日露戦争の際、旅順港でつかわれたロシアの機雷は触角があったが、日本の機雷は触角がなかった。

ロシアの機雷の触角の中には、稀硫酸をアンプル様のガラス容器に封じこめた物がはいっていて、それに厚い鉛のキャップをかぶせたものが触角であった。稀硫酸のはいったガラス容器の下面に、たがいに絶縁された銅板と亜鉛板が向かいあって、受け皿の上に顔を出していた。もし敷設された機雷に船が衝突して、鉛の角がグニャリと曲がると、中の容器が割れて稀硫酸が受け皿に流れおち、瞬時にボルタ電池ができて機雷の電気信管を発火させる。これは専門用語で「触角醸成電池式機雷」という。

日露戦争のあと、旅順港外のロシアの機雷の索が切れて、九州の対馬の海岸に流れ着いたことがあった。漁師がみつけて、その角を金槌でたたいて折り曲げたからたまらない。機雷は瞬時に爆発して、何もかも粉ごなになった。当時、海軍省がこの「機雷の角」のことで、憲兵隊や警察をつうじて、厳重にふれを出したと聞いている。

しかし、この機雷は触角さえ気をつければ、取り扱いは非常に安全であった。ところがわが海軍は、この利点に気づかないで、あいかわらず触角のない、内部に乾電池をおさめて、ややこしい発火電路のある機雷を、後生大事に使っていた。そして、大正の年代をとおりこして、昭和五年の機雷敷設艦「常磐」の爆発事故が発生するまで、明治時代からの旧式機雷が生きていたのである。

「常磐」の事故は、実装機雷（本物の爆薬を装備した機雷のこと）の敷設訓練の際、掌機雷兵が機雷内部の発火電路のテストをおこなっているときに、機雷用乾電池の電流があやまって電気信管に流れたので大爆発をおこして、多数の死者を出したのである。かねがね、このテストは関係者がうす気味悪がって、腋の下に冷汗を流しながらやっていたそうである。しかし、わが海軍では、この大事故が発生するまで、長年にわたって放置していたわけである。

その後、各国の機雷は躍進的な発展をとげて、磁気機雷、音響機雷、水圧機雷などが出現して、今次の大戦を迎えたのであった。

おもわぬ事故に遭遇した庄子中尉

八月三十日、ニュージョージア島の佐々木支隊は、全員がコロンバンガラ島に移動を完了した。いよいよ、背水の陣を敷いて最後の決戦にそなえたわけである。

そのころ、われわれ第一輸送隊は、月暗期がきたので最後にのこされたチョイセル島経由のルートで、前線輸送を再開した。

庄子中尉は、チョイセル島経由で何回もコロンバンガラ島とのあいだを、決死の挺身輸送で往復してきたのであるが、米軍はこのルートが日本軍にのこされた最後の補給線であることを、すでに見ぬいていた。だから、このルートを断ち切って、わが軍の息の根を止めようとして、九月になるとチョイセル島沿岸の飛行哨戒を、いっそうきびしくしてきた。

この飛行機という〝鬼〟にたいする、舟艇の〝かくれんぼうゲーム〟は、スリルがあって、おもしろいというようなものではなかった。それは、見つかれば、まちがいなく「この世の終わり」というものだから、まさに命がけのプレーであった。

そのために、入江や茂みにかくれているときは、細心の注意をしなければならなかった。

船は、浮いていると船底にビルジという小量の漏水のたまりが生じるものである。また航海中にかぶった波や雨滴が、甲板のすき間から船底に落ちてたまることもある。とくに機械室の内部では、主機械などの冷却水の循環用ポンプから漏れる水が、船底に流れ落ちてたまるのである。

このビルジがたくさんたまると、船足が鈍るから、ビルジ・ポンプで船外に排出しなければならない。しかし、ビルジには、多少の油分を含んでいるから、これを海面に流せば、油がひろがってかならず空から発見される。

船が一航海を終わると、機関員はそれまでにたまったビルジを排出するのが習慣だが、この〝かくれんぼう〟では、それは、絶対に許されない。もし敵機が油のひろがりを見つければ、付近の入江や茂みが、探索の銃爆撃をうけることは間違いない。

また、かくれた場所を出るときに、カムフラージュに使った用済みの木の枝葉を、その近くの海上に捨てないことも大切である。これもビジルと同じ理由からである。

煙などとは論外である。煙草なども、爆音が迫るので、口から吐いた煙をいそいで手で払って散らすという、情けない光景もあった。

こうした隠密行動のおりに、ベテランの庄子中尉は、思わぬ事故に遭遇した。

彼は、九月のはじめに、機帆船を乗船指揮してブインを出ると、二日後の未明にスンビ基地にはいった。午後、基地指揮官の熊谷大尉のもとへ連絡に行き、夕方、いよいよ、コロンバンガラ島に出発のため船に帰ろうとしてジャングルの中を歩いているときに、前方の船のいる場所のあたりから、急に煙がたちのぼるのをみた。仰天して駆けつけると、船は機関室とデッキ・ハウスの一部から炎と煙を吹き上げていた。

彼はただちに、乗組員に命じて船の前甲板の小型ディーゼル発動機を起動して消防ポンプをかけ、機関室に散水させた。火元の火勢が衰えたところで、機関室の熱した天窓や昇降口の扉を閉めて、密閉消火をおこなう一方、デッキ・ハウスにもホースの水をかけて、ようやく火を消しとめたのである。

心配された積荷の弾薬類は、船倉の蓋がしっかりしてあったので類焼をまぬかれたが、主機械がひどく火炎で焼けたようである。

火災の原因は、主機械を起動する準備のため、セミ・ディーゼル機関のシリンダーの頭部にある焼玉を、軽油のバーナーを吹かして加熱しているときに、軽油のパイプの継目のネジがゆるんでいて、それが突然はずれて軽油が噴出して引火したのであった。

機関室内部が冷えるのを待って、主機械の状態を調査したが、クランクの白色合金が焼損していて、機械はもう使えないことがわかった。

頭を抱えて座りこんだ庄子中尉に、現場へかけつけた熊谷大尉は、「徴用船の乗組員である民間船員の引き起こした偶然のミスだ。直属の部下の失敗ではないから、あまり自分を責めないほうがいい。また別の船でやり直せばいいじゃないか」と慰めた。

この事故一つをとってもそうだが、もともとこの輸送は、無理をとおりこして、無茶というべきものであった。駆逐艦や潜水艦の行けなくなったところへ、低速の非力な機帆船を潜入させるのである。貴重な民間船を徴用して、こんな使い方をしてよいものだろうか。

危うく避けられた敵前決闘

予備士官の熊谷大尉は、前に、商船学校の先輩から、軍の徴用船の話を聞いたことがあった。その先輩は、かつて支那事変のときに揚子江で、陸軍の御用船の一等航海士をしていたが、船のことを何も知らない陸軍大尉の監督将校が乗船してきて、いきなり無理難題を吹きかけたので、手を焼いたことがあったという。

その監督将校に呼びつけられたので、サロンへ入っていくと、将校がいきなり「おい、船長に船をすぐ出すようにいえ」と命令した。

「わかりました。しかし、機関の準備に、どんなに急いでも、今から一時間はかかります。もっとも、その間に、錨鎖（びょうさ）はつめますが」と、おだやかに答えると、「何だと？　一時間もかかってどうするか。作戦上の緊急の要求があるんだ。何でもいいからすぐ船を出せ」と、将校は、かみつくようにどなったそうである。

この陸軍将校は、船の知識が皆無だったから、出港までにどんな作業があるかを知らないのは当然である。

冷えてしまった蒸気機関は、使用前に、最小限度一時間は、じわじわと蒸気をとおして「暖機」ということをやる必要があった。もし、冷えたまま急に熱い蒸気をとおして運転すると、熱をうけた部分は急激に膨張し、冷たい部分との間に歪(ゆがみ)ができて機械をこわすおそれがあった。機械の型が大きければ、またその影響も大きいので、これは厳重に守らねばならないこととして、いわば船乗りの常識というものであった。

結局、年輩の機関長を呼んできて、いろいろ説明してもらって、やっと納得させたが、その後もこの将校は、見当はずれの文句をいっては、彼をこまらせたそうである。

その先輩が海軍を志願したのは、「さすがに海軍は、おなじ船乗りとして、商船学校出身者を同格に遇してくれるからだ。だから、陸軍の御用船に乗って、理不尽な扱いをうけることにはやばやと見切りをつけたのだ」と、熊谷に話したのであった。

熊谷大尉は、徴用船のおかれた弱い立場を如実に感じて、にがにがしく思ったが、とにかく事故の報告をする必要があるので、ブインの司令部に事故の概要を電報した。

この火災は、ちょうど日没前で、敵機の昼と夜の哨戒が交替するころで、付近には一機も飛んでおらず、また燃え上がった大量の煙も、夕闇にとけこんで、遠くから見えなかったこともあって、スンビ基地のためにはせめてもの幸せであった。

しかし、翌日の昼ごろ、基地守備の陸戦隊の士官が三人、輸送隊基地本部にやってきて、熊谷大尉に、「昨日の火災で、入江の茂みがだいぶ焼けて、相当の範囲にわたって木の葉が変色しており、空からは一目瞭然で危険だから、至急手を打った方がよい」と申し入れた。

そこで相談の結果、その日の夕刻、燃えた船を大発で曳航して入江の別の場所に移し、そのあとで焼けて変色した木の枝葉を目立たない程度に伐採し、また、作業は陸戦隊と協同でやる、ということで話はついた。

陸戦隊の三人の士官たちは、なおも座りこんで、熊谷大尉に火災の原因などをたずねていたが、そのうちに、一人が、庄子中尉の方を盗み見して、声をひそめてこう言った。

「コロンバンガラには、みな行きたがらないからなあ。それに火災も、うまく消したものだ。弾薬を焼かない程度になあ」

「いやぁ、弾薬がはじいていたら、大変なことになったよ。一晩中、花火を打ち上げて、敵機を呼ぶようなものだからな」と、別の一人があいづちを打った。

「とにかく、この火災は臭いぞ」と、もう一人が吐き捨てるように言った。

「なにが臭い」と、庄子中尉が、大声でどなって、三人をにらみつけた。

「何が臭いのか、聞こうじゃないか」というと、日本刀を持って立ち上がった。

「おれは、貴様らが、さっきから言っていることに対して、言い訳などはせん。……が、もちろん認めもせん」というと、突然、激しい語調をたたきつけた。

「だが、返事はこれでやる」

日本刀をななめに持った片腕を、まっすぐ伸ばして三人の前に突きだすと、「おれのことを、心から臭いと思うやつは、表に出ろ」と言い捨てて、くるりと背を向けると、ゆっくり前のあき地へ出ていった。

陸戦隊の三人は、顔を見あわせた。彼らは、出て行くときの庄子の眼光に、射すくめられていたのである。

熊谷は、横あいから、静かに「あなた方は、相手を見そこなったようです。彼は剣道錬士の達人だ。出ていっても斬られるばかりです。それに、今度の火災で、彼は間違いはしていないと、わたしは固く信じています。あとは、わたしが彼によく話をするから、あなた方は、静かにお引きとり願いたい」と、なだめるように言った。三人は、裏口から、倉皇として帰っていった。

熊谷大尉は、まかりまちがえば士官同士の決闘という不祥事を回避することができてほっとしたが、それでも後味の悪さは拭いようもなかった。

さて、スンビ基地の機帆船の火災の報告が、ブインの根拠地司令部にとどくと、みなはベテランの庄子中尉が失敗したということで、大きなショックをうけた。

しかし、コロンバンガラ島の窮状は、もはや一刻の猶予もゆるさない極限にきていたので、艦隊司令部はブーゲンビル島所在の海軍各部隊から、輪番で舟艇輸送指揮の将校を第一輸送隊に派遣することを命じた。すでに、コ島は、多数の敵の魚雷艇、駆逐艦に取り囲まれて、厳重に監視されている。

これまでのように、わが駆逐艦が多数出撃して、その半分が敵の阻止部隊と戦っている間に残りの半分が潜入して、補給をやりとげるという手段が、たびたびの海戦の結果からみて、もはや成功しないこと、そして、なおこれをつづければ、駆逐艦の無益な消耗に終わるだけだ、とわかってしまった現状である。それなのに、か弱い機帆船や大発で、機関銃の二、三梃の武装だけで、ひとりで出かけていって、敵の警戒の目を盗んで偶然の幸運をねらえ、とは帝国海軍も落ちるところまで落ちたものではなかろうか。

それでも、なお司令部が、それをやれと言う意図はどこにあるのか。司令官や司令長官という立場もつらいものだ、と私はつくづく思った。

この場合、司令部が不可能を認めて補給輸送を断念してしまえば、ブーゲンビルの全軍は司令部がコ島にたいして匙を投げた、とピンとくるだろう。そして、そのあとの連鎖反応こそ、軍のために最も恐るべきものであるのだ。ましてコ島の南東支隊の将兵に対しては、なおさらであった。

司令部の、この苦衷を知ってか知らずか、輸送指揮にえらばれた将校たちは、航路の案内図をわたされ、細かい説明や注意をうけて出発していった。しかし、やはり、暗夜の航海と不慣れのため、途中の座礁事故が続発し、また米軍艦艇の阻止にあって、沈没したり損傷して途中から引き返すものも出て、事実上この輸送はお手上げの形となった。

こうして、八月二十三日から九月八日までの輸送成果は、発送量二二〇トンにたいして、コ島に到着したものは、わずかに一四トンという、ほとんど絶望的な数量であった。

そのころ、機帆船の座礁があまりに多いので、ある方面では、船を故意に座礁させて前線行きを逃れようとするのではないか、と陰口する者がいたが、さすがに私に面とむかって、それをいう者はいなかった。

もし、そういう風聞が耳にはいると、私は心の中で、「下司（げす）の勘ぐりはやめて、自分で暗夜に、珊瑚礁にかこまれた水道を探して出入りしてみるとよい。それが、どんなにむずかしいかが、よくわかるはずだ」と独り言をいって、黙殺することにした。

10　機動舟艇部隊編成なる

艦隊参謀から救出作戦を予告される

いよいよ、コロンバンガラ島の戦況は、最後の段階にきた。南東支隊の保有の食糧は、九月二十五、六日までと見積もられた。

佐々木支隊長は、コ島に敵の追及の手が伸びるのをすこしでも押さえるために、ニュージョージア島とコ島の通路上にあるアルンデル島に、第十三連隊の主力を進出させて、敵の追撃にそなえさせた。

しかし、九月十五日の夕刻、アルンデル島へ舟艇機動中の第十三連隊本部は、珊瑚礁上で米軍に発見されて猛砲撃をうけた。連隊長・友成敏大佐が壮烈な戦死をとげた。

その後、第十三連隊は、アルンデル島を死守して、米軍に大きな損害をあたえ、その進撃を食いとめていたが、それがいつまでささえられるかは、もはや時間の問題であった。

九月にはいって、ブーゲンビル島のブインの第八艦隊司令部の中が、なんとなく色めきたっていた。

艦隊司令部は、根拠地隊司令部と同居して、おなじ作戦室の奥の方に陣どっていた。もともと第八艦隊司令部はラバウルにいたのだが、六月末に米軍がニュージョージアに来襲して以来、陣頭指揮をとるためにブーゲンビル島に進出してきたのである。

ブーゲンビル島にいるほかの部隊は、空襲以外は敵の直接の攻撃がないので、比較的ゆったりとかまえているが、挺身輸送隊だけは最前線とおなじで、心の休まる日は当分、来そうにもなかった。

そんなころのある日、私は根拠地隊司令部の先任参謀・米内四郎中佐のところへ、連絡のために顔をだした。

米内中佐は、愛想よい気さくな参謀だが、私の顔をみると、声を落として言った。

「ちかごろどうも、艦隊司令部の様子がおかしいんだ。みな、ひそひそと何事か話しながら、ときどきこっちを、じろりじろりと見るんだ。いったい、何をたくらんでいるのか、薄気味が悪いよ」と、浮かない顔をした。私は、事柄が生やさしいものではないことを直感した。

とにかく、いま艦隊司令部が、何事かを、たくらんでいるとすれば、コ島のこと以外に、さしあたり重要な問題はないはずだから、そうなれば、自分のいちばん関係が深いことではないか、と考えた。

そのとき、第八艦隊の先任参謀・木坂義胤中佐が、私の姿をみると、つと立ちあがってやってきた。木坂中佐は、頭は切れるし回転もはやいが、性格は少しきびしい感じのする参謀である。いかつい顔なのだが、それでもニコニコ笑いながら歩いてきたので、私は、この笑い方には何かあるぞ、と思った。

「いろいろとご苦労さん。ま、こっちにきて掛けてくれ」というと、私をちかくの応接セットへつれていき、さりげなく切りだした。

「コロンバンガラ島も、いよいよ決まりをつけにゃならん時になったようだ。それで、ちかぢか君に、重大な任務をやってもらうことになるから、その時は、しっかり願いますよ」

自分の勘の的中に、特別の感興もおこらなかったが、その重大任務というのを知りたい、と思った。

「それは、増援部隊の緊急輸送ですか？」

木坂中佐は、首をふった。

「いや、そうではない。ブーゲンビルにある、ありたけの大発をそろえてコ島に行って、南東支隊の一万二〇〇〇人を救出してくるのさ」

いよいよ、おいでなすったか、と思った。

木坂中佐の話は、大要つぎのようなものである。

海軍の大発四〇隻を指揮して、連隊長格で任務をはたすこと。陸軍と協同すること。正式発令は明日の予定であること。そして、とりあえずその事を私に伝えたのは、心の準備をしてもらうためであること。

「隊に帰ったら、部下一同にも、話してほしい」

それだけいうと、木坂中佐は、私の肩を二、三度かるく叩いた。「よろしく頼む」という気持ちが、その手のひらから伝わってきた。

追いつめられた玉砕寸前の南東支隊

ニュージョージアの戦いは、ガダルカナル作戦と同様に、いずれはこういう結果になってくるだろう、ということ。それは前にも書いたが、ガ島撤退の直後、中央でひらかれた陸海軍作戦協定会議で、ニュージョージアに防衛主線を引こうという海軍の主張にたいして、陸軍が難色を示したのは、すでに、この事を予想して恐れていたからである。

そして、恐れは不幸にして的中したのである。

わが軍が、ガ島以来の作戦をつうじて、わが方に不利になっていたあらゆる要因を改めないかぎり、この方面の戦いは、いくら繰り返しても勝てないのである。そして、現在、コロンバンガラ島に追いつめられて袋の鼠同然になっているわが南東支隊も、また、いっそう倍加された不利な条件下で、とことんまで苦しみ抜いたのである。

米軍は、六月末に来襲して以来、八月上旬までに一五〇隻の輸送船が入港して、連日、五〇〇〇トンを下らない補給をうけていた。それにたいしてわが南東支隊は、先陣が二月一日、ニュージョージアに進出して以来補給をうけた数量は、二月に四〇〇トン、三月に八〇〇トン、四月に二五〇トン、五月二〇〇トン、六月八五〇トン、七月七〇〇トン、合計三二〇〇トンの弾薬と糧食などである。これでさえ、わが駆逐艦や小型輸送船、機帆船などが、米軍機の目をのがれて、やっとの思いで運んだのであった。

これを日割りにすると、一日二〇トン弱に過ぎないから、一日五〇〇〇トンという物量豊富な米軍にたいしては、はじめから、肉弾で戦えというようなものである。これでは、いくら南東支隊が勇猛であっても、勝ち目がないのは当然であろう。しかしこうなった責任は、勿論、別のところにあったわけである。

試みにわが軍のこの三二〇〇トンを、物資別に分類してみよう。

まず、半量の一六〇〇トンは、一日一人当たりの食糧を五〇〇グラムとして概算すると、一万三〇〇〇名の将兵の、二月から八月末までの、およそ二四〇日分の食糧に相当する。南東支隊の報告では、全員の糧食は九月中旬までの分があった、といっているから、この数字はまず動かせないものであろう。そして、あとの一六〇〇トンは、弾薬、重火器、車両、飛行場建設資材と大発の燃料などになるが、弾薬はいちばん大切だから最大にとって、半分の八〇〇トンはあったものとしよう。

もっとも、ほかの必要物資のことを思うと、これ以上に弾薬があったとは考えられないのであるが、とにかくこの八〇〇トンの半分が砲弾で、半分が機銃弾と小銃弾と仮定すると、四〇〇トンの砲弾は、一二センチ砲弾一個を二五キロの重量として一万六〇〇〇発になる。

この数量は、いったい、多いのか少ないのかを当たってみよう。

そこで、一例をあげると、ニュージョージアの戦線で米軍が、七月九日にわが前線に二個連隊で砲撃してきたときは、一〇センチと一五センチ榴弾砲を約二〇門で、一時間に五八〇〇発以上を射ってきたというから、一万六〇〇〇発の弾丸は、米軍が射てば三時間でなくなる程度の量であることがわかる。

わが軍は砲数も少なかったことであろうが、どんな射ち方をしたかはわからない。しかし、米軍来襲一ヵ月後の八月五日に、南東支隊本部が部下の各隊の報告をまとめたところによると、そのときわが陸軍部隊には砲弾も射ちつくして、使える砲は一門もなかったというから、米軍の三時間分を一ヵ月に引きのばして射ったものとすると、どんなに乏しい、ほそぼそとした射撃をしていたかがうかがわれて、気の毒になるのである。

それでは、あとの四〇〇トンの機銃、小銃の弾薬はどうであろう。小銃の弾薬重量を一個二五グラムとすると、四〇〇トンでは弾数にして一六〇〇万発になるが、これは二〇〇梃の機銃で、発射速度毎分五〇〇発でいっせいに連続発射すると、二時間四〇分で射ちつくす数量である。

これも、砲弾と似たような関係の数字であり、やはり八月中旬には、第一線の機銃弾は欠乏して、後方のストックも底をついたというのだから、これでは防戦一方で、じりじりと後退を余儀なくされたのも無理はない。

こうして、わが南東支隊は、ついに刀折れ矢尽きて、最後の関頭に立たされることになったのである。

これは、「作戦計画の見込みちがい」などといって片づけられるような問題ではない。この戦争の全期をつうじて、太平洋上の各島々や、ニューギニアその他に生起した、数多くのわが軍の玉砕にたちいたる経過の情況は、まったく同様である。

「言挙げせず」とか、「文句をいうな、黙って戦え」というのが昔の軍隊であったから、玉砕した人たちは、みな黙々として戦って死んで行ったのであろう。

しかし昭和十九年七月、サイパン島の玉砕の直後、某海軍大将が、「日本人は、一つや二つの島で玉砕したくらいでへこたれる国民ではない。まだいくらでも玉砕覚悟で待っているから、来れるものなら掛かってこい。そのかわり、アメリカ兵を、二倍でも三倍でも出血させてやる」と、新聞で大見得を切ったものである。

しかしアメリカは、二倍三倍どころか、いつもたった一〇分の一の損害で、わが方を軽く全滅させていったのである。

だからこれは、作戦と名づけるに値するだけの画策も知恵も何もない戦闘であって、このような言語道断な玉砕戦が、無責任のまま終戦にいたるまで繰りかえされたことにたいしては、国民は、けっして無関心に忘れ去ってはならないのである。

また終戦後は、連合軍の軍事裁判で、連合軍にたいする戦争犯罪人の追及が激しかったから、二二万名の玉砕作戦を計画した、わが国の無謀な作戦家たちのうちの、お偉方はたいがいが戦犯になったが、そのさわぎであとの関係者たちは、国民の注意からそらされてしまった。

そして、戦後すでに数十年もたった今では、人びとの記憶もうすれて誰もそれを口にする者はいないし、また、その作戦家の大半は老衰し、あるいは死亡したであろうから、いまさら、それを蒸しかえすような閑人(ひまじん)もいないであろう。

しかし、「歴史は繰りかえす」といわれるから、将来のことは保証のかぎりではない。われわれは、名目はどうであろうとも、人間の尊厳を無視して、人間を消耗品扱いにした過去の戦争指導者の「独善的な暴挙」を、再現させないようにしたいものである。

この世の戦争は、インドシナにも、中近東にも現存しているが、わが国は憲法で「戦争放棄」を宣言しているから、国民は「わが国は、将来も永く戦争をやらないもの」と安心しているのである。

この安心が末永くつづくことを願うのは、だれしも変わりはないが、今度の戦争終期に、玉砕戦や特攻作戦で、さんざんその無能ぶりを暴露した旧軍首脳部の亜流の再生を許さないためにも、戦後に確立した文民優越制をますます堅持して、みんなで監視の目を怠ってはならないであろう。

米軍は「成算なければ戦わず」

さて、ニュージョージアの作戦を、もう少し調べてみることにしよう。

ニュージョージア島は、ラバウルから七七〇キロ、ガダルカナル島から三二〇キロのところにあるから、わが軍の方が距離は二倍強だけ遠いのである。

飛行機一機の戦力を、その速力をふくむ諸性能と、パイロットの技倆をくわえて、日米ともに同等とみれば、飛行機がある戦場で発揮できる戦力は、その機の所属基地から戦場までの距離に逆比例する、と思ってよいであろう。

つまり、距離が二倍になれば——ことがらを単純化するために、飛行機の敵地在空時間を考えないことにすると——戦場往復の時間が二倍かかるから、単位時間内に飛行機が戦場に出現して戦える回数は、およそ二分の一になるわけである。つまり、戦力が二分の一になることである。とくに飛行機は、進出距離が伸びると、天候の障害をうける率が増大するので、この比率はむしろ甘いくらいであろう。

そのうえわがラバウル航空隊は、ニューギニアと二正面作戦を引きうけている。そうなれば、ラバウルの全機数が、ガ島の米軍機の三分の二しかないうえ、さらにこれを二分すれば、ソロモン方面にまわせる飛行機は、じつにガ島の米軍の三分の一になる。これに距離による減率をかけると、結局、六分の一の戦力しかないことになる。

これでは、ニュージョージア周辺の制空権を取れるわけがないのである。

アメリカの戦争指導者は「成算なければ戦わず」とか、また「戦時には、可能なるすべてを行なえ」というモットーをかかげて戦争を推進しているときいたが、そのためか米軍の作戦は、きわめて理論的で、寸分の隙のないものであった。

それにくらべると、わが方の作戦が、いかに大まかで、感情的で、無責任なものであったかは、この太平洋戦争の、すべての局面をみても、はっきりわかるのである。

しかも、ほとんどの作戦が龍頭蛇尾に終わっていて、最後の惨憺たる敗北にたいする責任の所在などは、ほとんどを現地の指揮官に負わせてしまう。そして、作戦の成否に根本のかかわりのあった真の責任者は、作戦が失敗したときは、いつも何かの陰にかくれて、すべてがうやむやにされてしまう。そして、尊い人命だけが、むなしくつぎつぎに失われていったのである。

こうしたパターンは、この戦争の後半に、東はアリューシャンのアッツから西はビルマのインパールにいたる間の、太平洋上の各地でおこなわれた作戦をつうじて、飽きることもなく繰りかえされた。しかも、国民の前に、それを招いた第一級の責任者は、ついに姿をみせなかったのである。

ついに決定した「セ」号撤収作戦

九月十三日に、ブーゲンビル島の陸軍第二船舶団長・芳村正義少将の指揮する第十七軍海戦隊(仮称)が、第八艦隊の指揮下にはいって外南洋機動舟艇部隊が編成された。

十六日には、第一輸送隊長(筆者)の指揮する海軍大発四〇隻、艦載水雷艇八隻、魚雷艇二隻が海軍種子島部隊と名付けられてこれに編入された。

そして、舟艇大部隊の決行するコ島撤退作戦は、「セ」号作戦と名づけられた。

ところで、第一輸送隊の隊員たちは、ブーゲンビルのエレベンタ海岸に、「陸軍海戦隊」という変わった名前の部隊があることを、前から知っていた。その指揮官の芳村船舶団長が「海軍に陸戦隊というのがあるのだから、陸軍に海戦隊があっても、少しもおかしくない」といっていると聞いて、なるほどと思ったものである。「海軍の陸戦隊というものを、自分たちは今まで、特にめずらしい名称と思ったこともなかったが、陸軍の方にしてみると、そうは思わなかったんだな。これは一本参った」と、いまさらのように感心する者もいた。

海軍舟艇部隊が編成されると同時に、ブーゲンビル島所在の海軍各部隊から伊藤沢美大尉、和田睦中尉、桑本幹中尉などを筆頭に、下は兵曹長にいたるまで、四〇名をこえる准士官以上と、それに付随した艇員百数十名が、臨時編制の舟艇部隊に派遣されてきた。

第一輸送隊の宿舎は、ベラベラ島の舟艇基地守備の隊員五〇名を出したあとがあいていたので、それに倉庫用の大幕舎をくわえて、あてることになった。

すでにスンビ基地から帰っていた熊谷大尉と庄子中尉は、挺身輸送の総決算ともいうべき「セ」号大作戦を前にして、四〇隻の大発をすぐれた性能に仕上げるための武装作業にいそがしかった。

ここで「大発」について簡単に説明しておきたい。「大発」の正式の名称は「大発動艇」である。支那事変でも太平洋戦争でも、わが軍の上陸作戦に最大の活躍をした兵員装備の揚陸艇である。その一般的な使用法は、海軍艦艇護衛のもとに輸送船で敵地に運んで、上陸海岸の沖合で海面におろして上陸部隊を乗せて、陸地に海上進撃させて敵前上陸を敢行するというものである。

この目的のため、つぎの条件が要求された。

一、輸送船に搭載できること
二、満載吃水（きっすい）がなるべく小さいこと
三、耐波性、凌波（りょうは）性がよいこと
四、海岸に乗り上げて重量物の揚陸に適する構造で、また海岸から海中へ引きおろしが容易であること
五、できるだけ速力が大であること
六、水中障害物などの乗り切りも可能であること

したがって、船体の長さは一五メートル以上、重量は一〇トン以下が望ましく、吃水は海岸に乗り上げるために、できるだけ浅い方が良いが、いっぽう荒海にも耐えるだけの船体の

安定性も要求されるので、吃水は深い方が好ましいという矛盾もあるが、これらの欠点については船型を工夫することによって解決をはかった。

大発動艇の形態上の最大の特徴は、船首の歩み板と船首部の水線下の船型である。この二点は、いずれも海岸に乗り上げて(これを達着(たっちゃく)という)、人員、戦車、砲車、馬などを揚陸させる目的から考案されたものである。

船首歩み板は次頁図のとおりのもので、下端は蝶番(ちょうつがい)で船首甲板に連結し、上端は両側にとりつけたワイヤで吊られてハンドルにより手動で上げ下ろしされ、航行中は船首を閉ざして波浪を浸入させないようになっている。

船首水線下の特異の形状は、二列に造られた左右の小さな船首の上に、水線上の船首本体がまたがって乗るように形成されていることである。これを前から見るとW字型をしていて、このため揚陸中の安定は良く、航行中の水の抵抗も比較的すくない。

大発動艇が海岸に達着する時は、かならず艇尾の錨を沖で入れて海岸に乗り上げ、波浪で艇が横倒しにならないように艇尾を係止している。また、艇を海岸から引き出す時は、この錨のケーブルを揚錨機でまきこめばよいのである。

大発動艇の速力は、作戦上の要求からは、速いにこしたことはないが、このためには抵抗の少ない船型と大馬力のエンジンが必要になる。しかし、艇の積荷の状況を考えると、あまりスマートな船型はのぞめないし、艇自体の総重量にも制約があるから、せめて装備するエンジンは、なるべく軽量で出力の大きいものを、ということになる。

ガソリン・エンジンはこの条件にはぴったりだが、火災の危険が多いので、陸軍の大発動

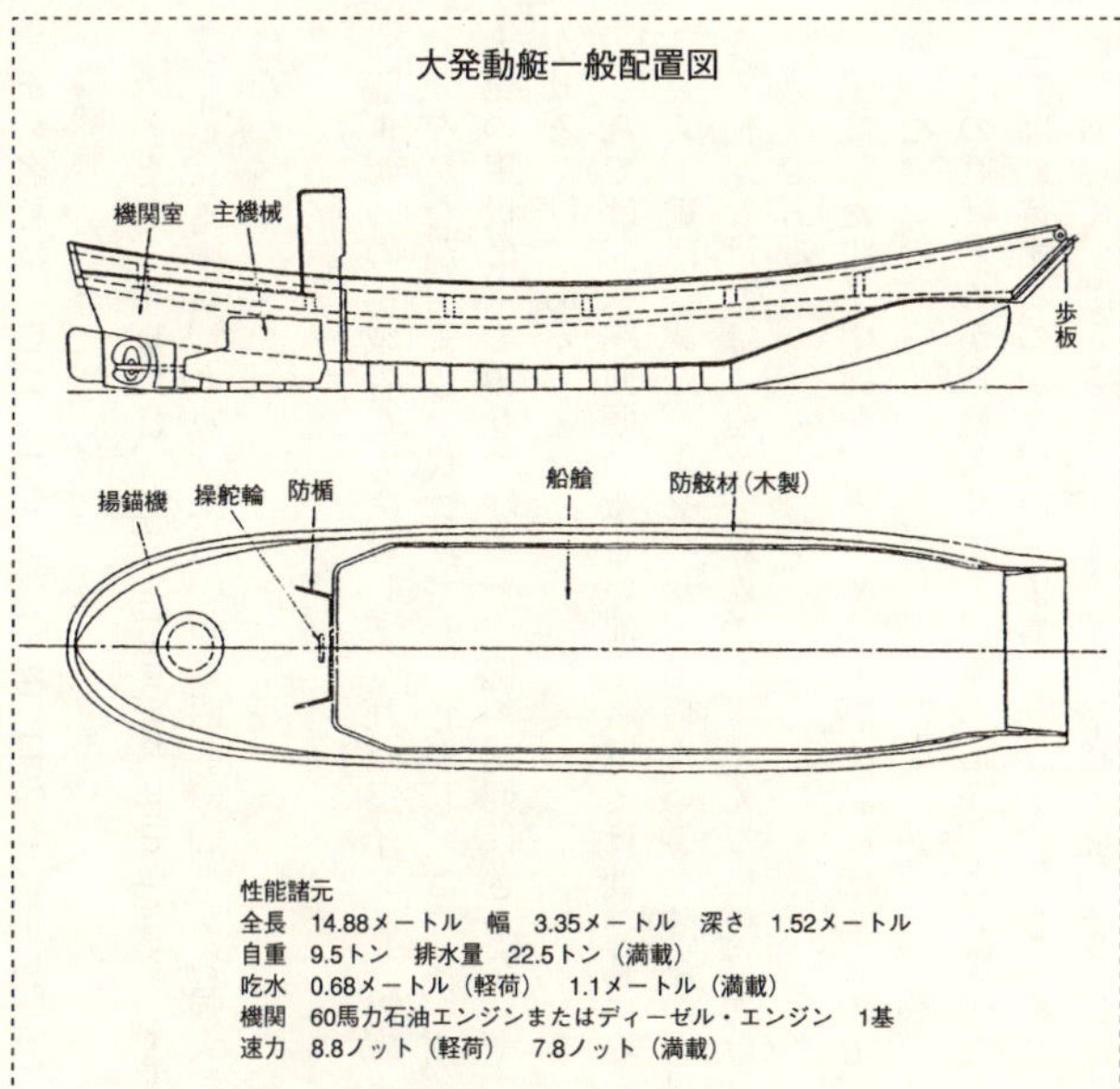

艇は、多少重量の増大をしのんでも、とりあつかいの安全なディーゼル・エンジンをえらんだ。しかし、海軍の大発動艇は、以前から艦載の内火艇が石油エンジン（灯油を燃料とするもので、石油発動機ともいう）を使用していて慣れているので、このエンジンを採用した。

船体は電気熔接で三・二ミリ鋼板を使用している。機関は船尾にある機関室内に装備されていて、プロペラ推進のほかに機関室の上にある揚錨機にも動力を供給している。

以上がその大要であるが、米軍もこれに類似のものを持っていて、なかには双推進機をつけた大型のものもあった。

その名称は、LCT（Landing Craft Tank＝戦車揚陸艇）、LCI（Landing Craft Infantry＝歩兵揚陸艇）などといった。

もっとも、米軍には、LST（Landing Ship Tank＝戦車揚陸船）、LSI（Landing Ship Infantry＝歩兵揚陸船）という三〇〇〇～四〇〇〇トンの強大な上陸用船舶もあったが、わが軍にはなかった。

陸軍がこの作戦のために貸してくれた三インチの対戦車砲は、各砲ともに弾丸二五発つきで、なかなか勇ましい代物だった。しかし、これを、前後にガッチリと四本の脚を張って、大発の甲板に索で縛りつけると、砲の旋回はきかないで、筒先を、左右に五度ずつふりうごかせるだけである。

これでは、転舵回頭の激しい海上戦闘では使い物にならないと、庄子中尉が苦情をうったえたら、艦隊参謀が、「せっかく無理をいって陸軍から借りてやってきたのに、文句をいうな。何かなければ、艇は守れんのだ。そんなに死にたければ、勝手に死ぬがいい」と、いったそうである。

憤慨した庄子中尉が、あとでこの話を私に伝えたので、なぐさめ半分、説得半分に、彼にいった。

「この戦は初めから終わりまで、すべてが、この調子なんだ。準備がいいなんてことは、ここでは期待するのが無理だ。まあ、せっかく出してくれた大砲だから、後甲板にでも据えつけておいて、敵がきたら、イタチの最後っ屁のように、ぶっ放すんだな」

私も、すこしばかり感情的になっていたようである。

事実、この足長蜘蛛（あしながぐも）のような格好の対戦車砲は、広さの関係上、大発の後甲板以外には据え付け場所はなかったのである。

しかし、一三ミリ機銃二梃と擲弾筒一門を各大発が装備したので、これが四〇隻ならべば、駆逐艦は無理でも、魚雷艇にはなんとか対抗できるだろう、とみなは思った。

私は、それから毎晩、陸軍の海戦隊に行って「セ号作戦外南洋部隊機動舟艇部隊作戦計画実施要領書」の説明と打ち合わせ会議に出席した。そこで渡されたのは、電話帳ぐらいの分厚い作戦計画書であった。

これまで、海軍の作戦計画書がひじょうに簡単明瞭なもので済まされているのに慣れていたので、この厖大な計画書をみて、陸軍はじつに面倒なことをやるものだ、と感心した。ちょうど、演劇でいうなら、海軍は荒筋（シノプシス）だけで劇をやるようなものである。駆逐艦や軍艦という俳優は、その荒筋だけを飲みこんで、それを変えないように活動すれば、ちゃんと劇（作戦）が成立するのである。

ところが、陸軍では、脚本そのもので動かなければならない。一人一人のしぐさと小道具までが、細かく書かれ、指示されている。

たとえば、海軍がある舟艇基地を設置するときは、準備する必要兵器と糧食何日分までは明示しても、あとは「その他必要物件一式」で片づけてしまうが、陸軍は、その必要物件が炊事用の鍋釜にいたるまでこまごまと記すのである。それというのも、海軍は、軍艦、駆逐艦というワンセットの中で、個々の細胞がそれぞれの持ち場だけで事が運べるが、陸軍は、はじめから個々に野や山にばらまかれて戦うので、このように末端まで細かく気をくばる必要があるのだろう。

さて、作戦の打ち合わせは、芳村船舶団長が、畳敷きのがらんとした部屋におかれた粗末な食卓の中央に、あぐらをかいてすわり、その前に、私も、陸軍の松山作二、祝不二夫の両船舶工兵連隊長と並んであぐらをかいて、ゆったりした雰囲気でおこなわれた。

芳村団長は計画書の順を追って読みあげながら、めいめいの質疑に応答していった。そして計画がいよいよ舟艇部隊のコ島突入の項にはいったとき、芳村団長は、一同を見まわして、こういった。

「敵は、コ島の周辺に数十隻の魚雷艇と一〇隻におよぶ駆逐艦、五隻前後の巡洋艦を配して、わが舟艇部隊を阻止するであろうことは間違いないと思うが、残念ながらわが艦隊は艦がなくて、われわれの直接の護衛には来てくれない、というのである」

陸軍の二人の連隊長は、「うーん」とうなって、思わず、私の顔をみつめた。

おなじ海軍の者として、こんな大切な場合に「護衛の艦隊も派遣できない」という、海軍の不甲斐なさを問いつめられたような気がして、私は、少しうろたえたのであった。

芳村団長が、言葉をつづけた。

「どうだね、種子島君、駆潜艇はショートランドに、二、三隻はいると聞いているが、この際、せめて、それだけでも護衛に出してもらうように、もう一度、司令長官にお願いしてみようか」

私が賛成すると、芳村団長はそばの副官に、護衛要請の電報をすぐ発信するように命じた。そして、一時間たらずで、その返電がきた。それは、意外なほどきびしいもので、副官の電文を読みあげる声はふるえていた。

電文は次のようなものであった。

護衛要請ニ対シ返電

当方面海上兵力僅少ニシテ「ブーゲンビル」防衛ノタメノ最小限ノモノサエ確保シアラザル状況ナレバ、ソノ隊護衛兵力派遣ノ余裕等ナシ、詳シクハ種子島少佐ニ聞ケ

これを聞いて、一同はたがいに顔を見あわせて、首をすくめたのであった。

電文の最後の、「詳シクハ種子島少佐ニ聞ケ」の個所が、がんがんと私の頭に鳴り響いた。まるで、艦隊司令部から、「お前は陸軍に出かけていって、海軍のことを、何も説明しとらんじゃないか。いまの状態で護衛が出せないことぐらい、はじめからわかっているはずだ」と、しかりつけられているような気がした。

作戦の打ち合わせはさらに進行したが、この艦隊司令部からの返電で、一同がなんとなく白けた気分になったことは、かくしようがなかった。

心づよい伊集院司令官の率先指揮

九月十七日、ブインの艦隊司令部で、「セ」号作戦の陸海軍の最終的な作戦会議がひらか

れて、芳村、松山、祝、そして私も出席した。

艦隊参謀の木坂中佐は、艦隊の作戦方針を説明するときに、こういった。

「スンビ岬とコ島北端との距離はわずか二六海里（約四八キロ）しかないので、『鳥海』級巡洋艦の夜戦の行動にはせますぎて、味方に混乱を引きおこす恐れがあるので、今回は巡洋艦を使用しないことにした」

しかし、機動舟艇部隊の面々は、その狭い海面にアメリカの巡洋艦は始終出現しているのに、日本の巡洋艦だけが寸法が大きいという、この奇妙な理屈には、釈然としないようであった。

しかし、伊集院松治大佐の指揮する第三水雷戦隊の駆逐艦一二隻の大部が、応援にラバウルから駆けつけてくれるというので、一同はやれやれとよろこんだ。しかしそれもよく聞いてみると、コ島に近接して、敵機の攻撃圏内に進入してくるのは、どうしても敵機の帰った日没以後になるので、戦場到着は夜半過ぎになる、ということであった。

これでは本当は、事がすんでしまった後になるので、一同はまたもやがっかりしてしまったのである。

それでも、ただ一つだけ、みなを、心からよろこばせたことがあった。

それは、駆逐艦の協力にかんすることであるが、事情はこうである。

つまり、大発一隻の積載人員は、各自に携行兵器の小銃を持たせて一五〇名が最大とされているので、大発の座礁沈没事故などの多少が、全体の輸送能力の消長におよぼす影響がきわめて大きい。万一、舟艇部隊がコ島に到着した後で、大発の隻数に不足が生じていた場合は、とりかえしがつかないのである。

もし、そうなれば、味方を積み残して帰る、という一大痛恨事がおこらぬとはかぎらないから、その用心にわが駆逐艦が数隻でもよいから、この人員輸送を分担してくれたならば、一挙に大発十数隻分の人員の余裕が生ずるのである。

脆弱（ぜいじゃく）な大発にくらべて、駆逐艦は安定して強力なのである。このことは、本作戦の成否にかかわる問題なので、機動舟艇部隊指揮官から、当然の要請が、第三水雷戦隊司令官の伊集院松治大佐にたいしておこなわれた。

しかし、同席の水雷戦隊参謀はしぶい顔をして言った。

「駆逐艦が、多数の敵の魚雷艇や駆逐艦の遊弋（ゆうよく）する海面で停止して、たくさんの人員の搭載作業をおこなうのは、危険このうえもないことです」

強い反対意見の表明であった。居ならぶ者はみな、シュンとして黙ってしまった。

そのとき、伊集院司令官は、沈黙を破って、日焼けした精悍な顔に、軽い笑みを浮かべて、となりの参謀にちょっと目をやると、なだめるように静かにいった。

「機動舟艇部隊のことも考えたまえ。われわればかりが楽をするわけにはゆくまい」

この一言は、まさに千金の重味があった。さすがに、だれも反対はしなかった。これで駆逐艦の人員搭載の問題は片づいて、一同は愁眉をひらいたのである。

伊集院司令官の斜め前にすわっていた私は、じぶんの兵学校時代の教官であったころの、まだ若かった伊集院大尉のおもかげを、ふと思いおこしていた。

伊集院松治は、明治の薩摩海軍の長老であった伊集院五郎元帥の長男で、父親の伊集院元帥は、日露戦争のころは中将で海軍軍令部次長をしていた。彼の発明した伊集院信管は、当時のわが海軍の主砲の砲弾の信管として、日本海海戦でロシアのバルチック艦隊に痛撃をあたえるのに、大きな威力を発揮したことで有名であった。

伊集院松治は大正十四年の春、海軍兵学校教官として江田島に着任してきた。そのときは海軍大尉にくわえて、親ゆずりの男爵の肩書をもっていた。

軍帽を少しあみだにかぶった、大兵で色の浅黒い、目の鋭い、なんとなく第一次大戦のドイツの空の勇者リヒトホーフェン男爵を連想させる風貌であった。

伊集院大尉は、生徒たちの間にいろいろと話題の多い教官であった。そのエピソードを、生徒たちの会話でつなぐと次のようなものであった。

「おい、昔、この生徒館に、青鬼赤鬼といって、下級生からこわがられたものすごい一号生徒（海軍兵学校の最上級生）が二人いたそうだが、そのうちの一人が、いまの伊集院教官ではないかという話だ」

「その伊集院一号生徒が、夜の自習時間の中休みに運動場に出たら、すこし先のくらがりで菓子か何かを口にほうりこんでいる三号生徒らしい者を、みつけたんだな。おい、そこの三号待て、といったら、その三号がいちもくさんに走り出した。そして、運動場の端にそって長く生徒館の方に延びている、あの幅の広い空の溝に飛びこんで、身をかがめて逃げた。あの溝は、底に石が敷いてあるし、深さは一メートルと少しあるから、屈強の間道というわけだ。

伊集院生徒は、うしろから追っていったが、その三号が飛びこんだ場所めがけて走るようなヘマはしないんだなあ。ちゃんと、魚雷発射の命中射角をととのえるように、三号が溝の中を走る方向に斜め横に運動場をつっきったわけだ。そして、溝の縁に到着したときに、中を走ってきた三号が、ちょうど溝からはい上がるところで、ばったりというわけさ」

生徒たちは、豪快でさばさばした、あばれん坊の教官が好きだった。

私が一号生徒になって、卒業も近いある二月下旬の寒い日、全校生徒は江田島の湾内で、実装魚雷（本当の爆薬をつけた魚雷）の発射訓練を見学することになった。

生徒たちは、数隻の汽艇に分乗して、魚雷が命中して爆発する予定の標的から一定の安全距離をとった場所に、それぞれ汽艇を止めて見学していた。

海上はとくに寒いので、一号生徒の多数が横着をきめこんで、暖かい艇内の船室にもぐりこんでいた。そして、魚雷が発射されたら、外に出て見学するつもりでいたが、つい、ガヤガヤと話しこんでしまって、発射の合図も聞きもらしていたところに、突然ドカンと爆発のショックを船体に感じた。あわてて、ぞろぞろと船室から上がって出たが、もうおそかった。

ところが、その出口が、あいにく、伊集院教官の立っているまん前ときたから大変だ。きまり悪げに出てくる生徒が、一人一人、教官の拳骨（げんこつ）を食らったのは仕方がないとして、一番最後に出てきた最も要領の悪い生徒が、締めくくりでもあるまいが、教官から蹴飛ばされた拍子に海に落ちてしまった。勿論、その生徒は、艇員がすぐボートフック（爪竿（つめざお））をさしのべて救いあげたが、生徒たちはあとで「運の悪いやつよなあ」と、ただ笑っただけで、それをとくに意に介する者はいなかった。

いかにも、伊集院教官らしい、スパルタ式の懲らしめ方ではあったが、これも海軍兵学校の厳格なしつけ教育に一つのアクセントをつけるものとして皆が黙って認めたのが、そのころの気風であった。

さて私は、まだまだ昔のファイトが眉宇(びう)の間にみなぎっているような、伊集院司令官のおもざしをみて、勇気が湧きでる思いであった。この方面で、前任の水雷戦隊司令官の中で二人までが戦死し、一人が負傷した、なみ大抵でない苦難の戦況下に職責をはたすためにやってきて、それに身命をかけている様が、まざまざと感じられた。戦う先輩として、じつにたのもしく思うと同時に、こんな大事な場合に、巡洋艦も出そうとしない艦隊司令部の前に、こういう率先する司令官が同じ戦場にきてくれるということだけでも、大きな心の支柱になるのであった。

出撃前夜、ベイン海岸で酒と歌の壮行会

九月二十日、外南洋部隊(第八艦隊)は、つぎのような撤退作戦命令を、部下の各隊に下達した。
一、外南洋部隊ハ「ニュージョージア」方面防備部隊ヲ「チョイセル」島経由「ブーゲン

ビル」島ニ転進捲土重来ニ備エシムルト共ニ右作戦期間極力敵ヲ攻撃滅殺シ以テ爾後ノ作戦ニ大ニ資スルトコロアラントス

本作戦ヲ「セ」号作戦ト呼称ス

部隊	指揮官	兵力
	第八艦隊司令長官（鮫島中将）	
機動舟艇部隊	第二船舶団長（芳村陸軍少将）	第十七軍海戦隊（仮称） 第二船舶団司令部 船舶工兵第二、第三連隊主力 第二揚陸隊約一個中隊 海軍舟艇部隊 種子島少佐ノ指揮スル第一根拠地隊ノ舟艇隊（艦載水雷艇九、魚雷艇一、大発約四〇） 呉鎮第七特陸ノ主力（二個中隊基幹「チョイセル」配備隊）
ニュージョージア方面防備部隊	南東支隊長（佐々木陸軍少将）	南東支隊 第八連合特別陸戦隊（司令官大田海軍少将）
襲撃部隊	第三水雷戦隊司令官（伊集院大佐）	第三水雷戦隊　巡洋艦　川内 駆逐艦　一二隻
ソノ他（省略）		

二、「セ」号作戦軍隊区分
三、各部隊ノ任務（省略）

この作戦命令には、「ただ、撤退するだけではいかん。その途中でも、極力敵をやっつけろ」という、撤退部隊にすこしでも浮き足の立たないようにする、細かい心づかいがされているのが、よくわかるのである。だが、このような細心の注意は、もっとはじめの大事な作戦計画の着手の際にしていてくれたら、戦もこんな羽目に陥らなくてすんだにちがいない、と残念におもわれるのであった。

さて、巡洋艦を出ししぶった艦隊司令部ではあったが、九月二十四日ころになって、二十一日夜以来、毎晩コロンバンガラ島の周辺をうろついている米駆逐艦をそのままにしておいては、舟艇部隊の移動が困難になりはしないか、と心配しはじめた。

そして、撤退の準備作戦として、新鋭駆逐艦の全力を出撃させて、二十五日の夜、ベララベラ島からコ島北岸にかけて掃蕩作戦をやることになり、指揮下の部隊に、その準備を命じた。

しかし、上級司令部の南東方面艦隊（第十一航空艦隊）から、この命令の発動直前に「待った」がかけられた。

というのは、もし、これを実行して、わが方の駆逐艦多数に損害が出た場合、本番の撤退作戦に使える駆逐艦数が不足してしまう恐れがあることと、そのときラバウルに予備魚雷のストックが充分にないことなどの理由からであった。

こうして、この掃蕩作戦は中止されたので、いよいよ舟艇部隊は、敵の駆逐艦に裸でぶつかることになった。

話はすこし前にもどるが、ブインやラバウルの軍や艦隊の司令部で、「セ」号作戦の計画ができ上がって関係の各部隊が作戦準備をはじめたころ、いちばん肝心の南東支隊に誤解なしにこの意図を伝える必要があったので、第八艦隊の木坂参謀がその使いになって、九月十五日の午後七時に、水上偵察機でコ島に飛び、佐々木支隊長に会って撤退にかんする命令書を手渡した。

しかし、佐々木支隊長も大田陸戦隊司令官も、この撤退の意図を示されたときは、驚くと同時にこれは大変なことになったぞと思った。

そのころの、コ島の周辺の米軍の警戒は厳重をきわめており、夜昼なしに海上と空中の見張りを幾段にも構えていた。海岸に近いところには魚雷艇、そのうしろには駆逐艦、そして沖の方には巡洋艦、といった調子の包囲網であった。この包囲網を、乏しい武装で、そのうえ定員の倍以上に満載した大発で、はたして無事に潜り抜けることができるだろうか。

常識的にみても、この撤退作戦は、悪くすると全滅、うまく行っても半分ぐらいの損害がある、とみなは思った。

陸戦隊に帰った今井参謀は、大田司令官とこんな悲壮な冗談をかわした。

「司令官、この島に残っておる方が長生きはできますなぁ」

「これではまったく、ノコノコと海の中に沈められに出て行くようなものだなぁ」

現地の将兵が撤退のときに、ただ一回とおるだけでもこのように恐れている海面を、機動舟艇部隊は二往復、つまり四航海をやらなければ、一万二〇〇〇名の部隊を一兵も残さずに連れ帰ることはできないのである。

もともと、この撤収計画は、最初は大発一〇〇隻の一往復かぎりで決行するように立案されたのであるが、進出途上の大発の損害を見込むと、とても一回では無理だという結論になったのである。機動舟艇部隊にとっては、ひじょうに苦しくて酷ではあるが、二往復をやってもらい、さらに、用心のため、駆逐艦も一部の撤収を受けもつということで、ようやく落ちついたのであるから、舟艇部隊は、出発の前からはやくも四航海の難問をかかえることになってしまった。

そんな雰囲気の中で舟艇部隊は、出撃の前日の九月十七日の夕刻、ブイン海岸の第一輸送隊宿舎内で壮行会をひらいた。

酒はまだ少し手持ちがあったので、みなはよく飲んで、見た目では気勢が大いに上がったようであった。

よく酒席で大言壮語する者がいるが、これは愛嬌のあるものである。まわりの者たちは、その言を、いざとなった時の楽しみに承わっておこう、という程度にしか聞かないものである。そして、その「いざとなった時」は、たいてい来ないで終わることが多いので、大言壮語の嘘がばれないですむから、ご愛嬌ということになる。

ところが、舟艇部隊の壮行会では、この「いざとなった時」が、今、来ているのである。元気よく酒を飲んではいるが、内心ではめいめいが明日からの自分の運命をじっと見つめていることは、間違いのないことであろう。そして、明日出撃すると、無事に生還できる可能性は、きわめて少ないことも、みなは知っていた。それでも、この決死行に、勇みたっているのである。なぜであろう。不思議な気もする。

人間は、死の直前まで、「自分だけは死なないものである」と思いこんでいるそうである。山道で、一人の旅人が凶悪な賊から、白刃で追いつめられて、恐怖におののきながら断崖の縁まであとずさりしている時でさえ、なお自分はひょっとすると助かるのではないかと思っている、ということである。

だから、どんな極悪人にたいしてでも、絶対に助かる望みのない死刑という刑罰を科することは、人道に反する、という意見を述べる死刑廃止論者もいるくらいである。人間の生きたい願望というものは、平たくいって、そのようなものであろう。

したがって、兵士が戦場で千人針やお守りを身に着けるのも、ごく自然のことである。隊員たちは、手拍子をそろえて、さまざまな軍歌や戦時歌謡を合唱した。歌の文句は、どれもこれも勇壮、悲壮なものばかりであるが、まだ、それらの歌と自分たちとの間に、ある距離をおいて感じていた。

しかし、合唱を繰りかえすことによって、みずからかもし出す歌詞の雰囲気にだんだんと引きこまれていって、やがて、みなの心は、勇者に一歩近づいて、ことがらを気楽に考えるようになっていた。

こうして、みなの気持ちが、すこしずつほぐれてゆく過程が、私にはよくわかった。これでよいのだ、と思った。そして、ある種のあきらめにも似た落ちつきが、静かに身内にひろがるのを覚えた。

はやくも米軍哨戒機の猛攻はじまる

ついに、九月十八日の夕刻、機動舟艇部隊は、数艇団に分かれて、ブインを出撃した。ブインの第一輸送隊前の海岸は、ちょうど、北洋漁業船団の出港の見送りに似たような光景を呈した。勿論、家族はいないから、女っ気のない見送りであった。

いよいよ、大発が浜辺を離れるとき、私は、木坂参謀が見送りの将兵の先頭に立って、手にした戦闘帽を頭上に高く振って、大声で「しっかり頼むぞ」と叫んでいるのを見た。参謀の顔は、クシャクシャになって、妙に優しくみえた。私は、急に何かこみ上げるようなものが、さっと走って、ほおのあたりがピリピリとしびれるのを覚えた。

やがて、艇が速力を上げて海風が鼻をたたきはじめたとき、私は、「こうして皆は死んでゆくのかな。帽子をふる者と、ふられる者か」と、人それぞれのめぐりあわせを、冷静に考えていた。そして、私の記憶にある、この戦争という長尺のフィルムの中におさまった、さきほどの見送りのほんの一齣(こま)を、思い切りよく払いのけていた。

前方はるか遠くに、低く幅ひろく、濃紺色のチョイセル島が、夕暮れの中にどっしりと横たわっていた。

ブインを出撃した舟艇団は、珊瑚礁にそった一八〇キロの暗闇の航路を乗り切って、チョイセル島のスンビ基地にぞくぞくと集結した。

しかし、このルートの舟艇群の移動が活発になってきたことを知った米軍は、飛行機の哨戒密度を一段とたかめてきたので、途中で発見されて銃爆撃される大発が激増して、この作戦の前途に、暗い影を投げかけていた。

とくに九月二十日、スンビ基地のすぐ手前のベルラタ入江で、先頭艇団の大発群が茂みにかくれているところを、偵察にきた米軍戦闘機から、探りの銃撃をうけて炎上したのがきっかけになって、多数の米軍爆撃機が来襲して、秘匿地を猛爆したので、ついに大発一〇隻が沈没してしまった。これはわが方にとって、大事な作戦を目前にして、まことに手痛い大きな損失であった。

そのころ米軍は、チョイセル島に夜間ひそかに潜水艦で接岸して情報員を奥地に潜入させ、現地人を使って諜報をおこなっていたから、被爆した大発群は、おそらくその網にかかったものであろう。しかし、さすがにスンビ基地の方は、万全の構えができていて、強力な陸戦隊が二個中隊で基地周辺を固めていたので、敵性分子の侵入をゆるさなかった。

私は、九月二十五日払暁にスンビ基地に着いたが、ここに来るのは、ちょうど三ヵ月ぶりである。前回は、コロンバンガラ島への挺身輸送のスタートのためにはじめてやってきたのだが、今回はそれのゴール・イン（味方の撤収と同時にこの方面の挺身輸送は完結する）のために来たのだから、ここは私にとっては、なかなか因縁あさからぬ場所であった。

舟艇部隊や基地揚陸隊、守備隊員などが一杯あふれて、遠い辺地の草深い田舎に急に市が立って賑いを呈しているようなこの基地の風景が、懐かしかった。

そして、そこに、数百名を収容できるトンネル式の大防空壕が完成しているのをみて驚いた。このトンネルは、前回来たときに、熊谷大尉と庄子中尉に掘削を指示したものであったが、地形の関係で当初の予定よりも、はるかに大きな物になってしまったのである。そして計らずも、これが今度の作戦で大いに役に立つことになった。

スンビ基地は、これからはじまる撤退作戦期間中、敵機からマークされることは必然であって、そのときこそ、この大防空壕が、たくさんの人命を守ってくれるだろう。私は、広い壕の内壁に残された無数の鏨の削り跡を視線でたどりながら、悪疫と炎熱に耐えて壕を掘ってくれた設営隊員の苦労を忍んだ。

翌日の昼近くに、陸戦隊の哨兵が西の海岸寄りに、七、八名の裸の男たちが基地に近づくのをみつけた。現地人にしては肌が黒くないので奇妙に思って調べると、彼らは、米軍機の銃撃で炎上した海軍大発の乗員であることがわかった。

その大発の艇長の兵曹長などは、まったくの生まれたままの格好で歩いてきたので、機動舟艇部隊に派遣されていた艦隊参謀が、「いくらなんでも、振りチンでやってこなくてもよさそうなものじゃないか」と、あきれかえっていた。

その兵曹長の話はこうである。

彼の大発は、後発の艇団にくわわって、前日の夕刻チョイセル湾を出たが、途中でエンストしてしまったので修理している間に、艇団からずっとおくれてしまった。機械が直ったので急いで艇団のあとを追ったが、小さな岬をまわるとき、岸に寄りすぎて珊瑚礁に乗り上げてしまった。

そこで、みなは裸になって海中にはいって、艇を押したり引いたりしているうちに、いつの間にか夜が明けたのを知らなかった。突然爆音がして、海岸ぞいに米軍戦闘機が一機やってくると、すぐ大発を発見してしまった。いったん機首を転じて沖の方に飛んでいったが、そこで大きく回って大発にねらいをつけると、まっしぐらに突っ込んできたので、兵曹長は、艇員をひきつれて大発から離れると、海岸にむかって浅い水の中を、飛びはねるようにして駆けだした。

敵機の機銃弾は大発を中にして、沖の方から水しぶきを上げながら水面にものすごいスピードで、水煙の二本の直線を波打際まで引き終わる。と思うまもなく、戦闘機は、陸の方へ空高く急上昇して、また沖の方へ旋回して行く。

兵曹長は、砂浜を目の前にして走りつづけたが、急に下腹部が涼しくなったので、ふと、うしろを見たら、ひらひらと白い吹き流しか糸の切れた凧のように、彼の最後に残された貴重な衣類の越中褌が、風に舞い上がっているではないか。

彼は、いそいで取りにもどろうとしたが、その方角に、今しも海上にまわって第二撃にはいろうとする米軍機の姿を見たので、あわてて砂浜を駆けあがって、奥のジャングルにとびこんだ。

第一撃で、大発をやり損じた米軍機は、こんどは入念な銃撃を浴びせてきたので、大発はたちまち燃え上がって、手もつけられないように炎に包まれてしまった。

兵曹長は、敵機に、一矢もむくいずにやられてしまったことを無念に思ったが、こんな状態では、どうすることもできない。とにかく、スンビ基地に行き着くことが第一と思って、艇をあきらめて、海岸づたいに歩いてきた、ということであった。

舟艇部隊では、彼らの苦労をねぎらい、さっそく食事をあたえ新しい被服を着せて、予備隊員の中に組み入れたのである。

11 「セ」号第一次撤収作戦

全力ヲ挙ゲテ「コ」島ニ突入セヨ

ついに運命の日は来た。九月二十六日の朝、芳村機動舟艇部隊指揮官は、スンビ基地(チョイセル島)に集結を完了した指揮下舟艇部隊に、次のような作戦命令を下達した。

一、機動舟艇部隊ハ天佑ヲ確信シ全力ヲ挙ゲテ「コ」島ニ突入シ第一次転進機動ヲ決行セントス

二、諸部隊長ハ別紙第二行動要領ニ基キ明二十七日一七三〇(午後五時三十分)基地発進「コ」島ニ進撃南東支隊ノ第一次転進輸送ヲ敢行スベシ「コ」島ヘノ進撃ノ時如何ナル敵ニ会スルモコレヲ穿貫突破シ断乎所命ノ地点ニ猛進スベシ(以下省略)

この作戦命令による機動舟艇部隊のコロンバンガラ島にむかう第一次、第二次転進計画は、それぞれ次頁図のとおりである。

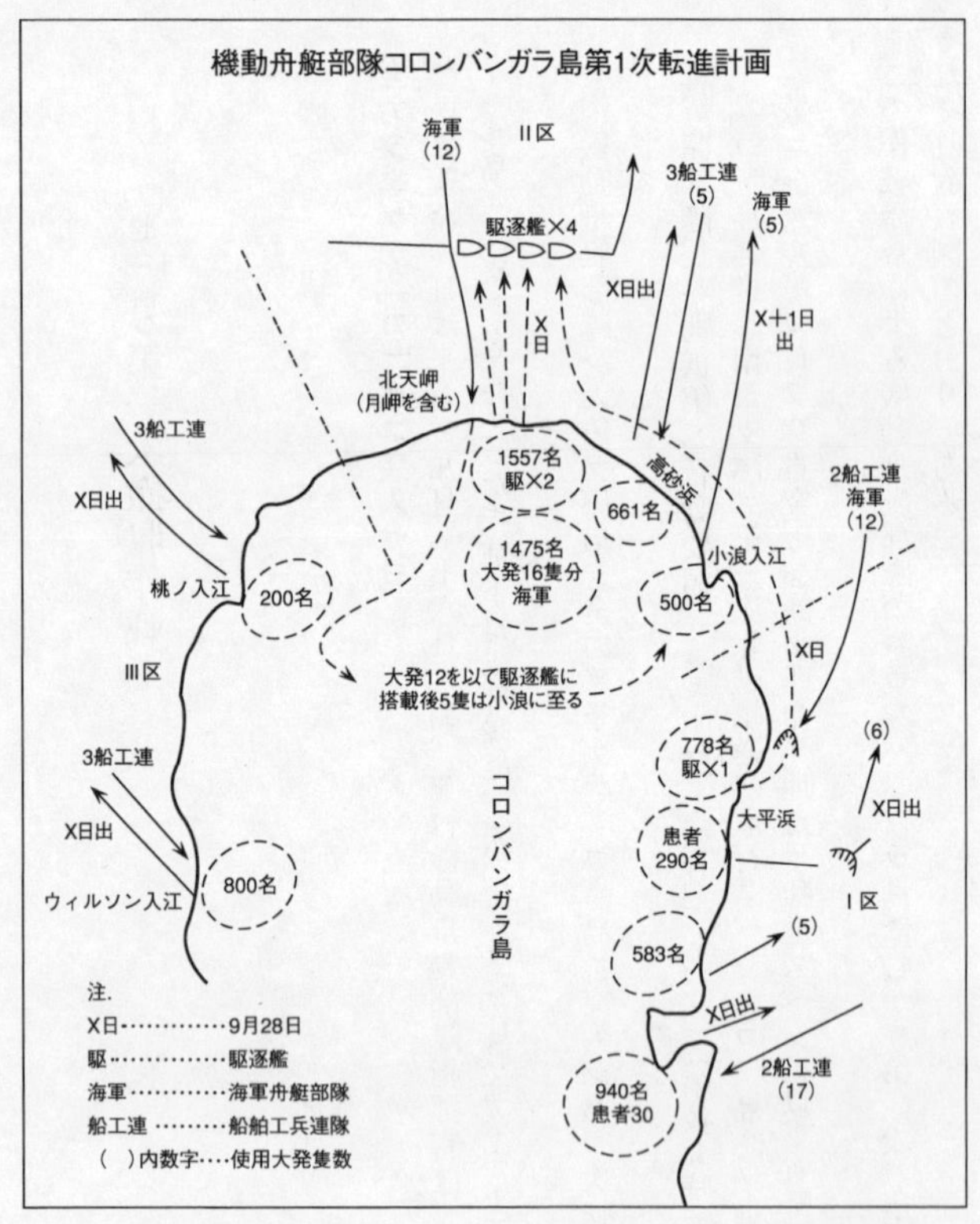

九月二十七日午後三時、各舟艇部隊長は、スンビ基地本部にいる機動舟艇部隊指揮官のもとへ召集された。本部の前庭で、武装をととのえた松山、祝の両連隊長と私に、副官からそれぞれ小さなグラスが手渡された。

芳村指揮官は、恩賜の酒のはいった四合瓶を手にしてみなに酒をついでまわり、

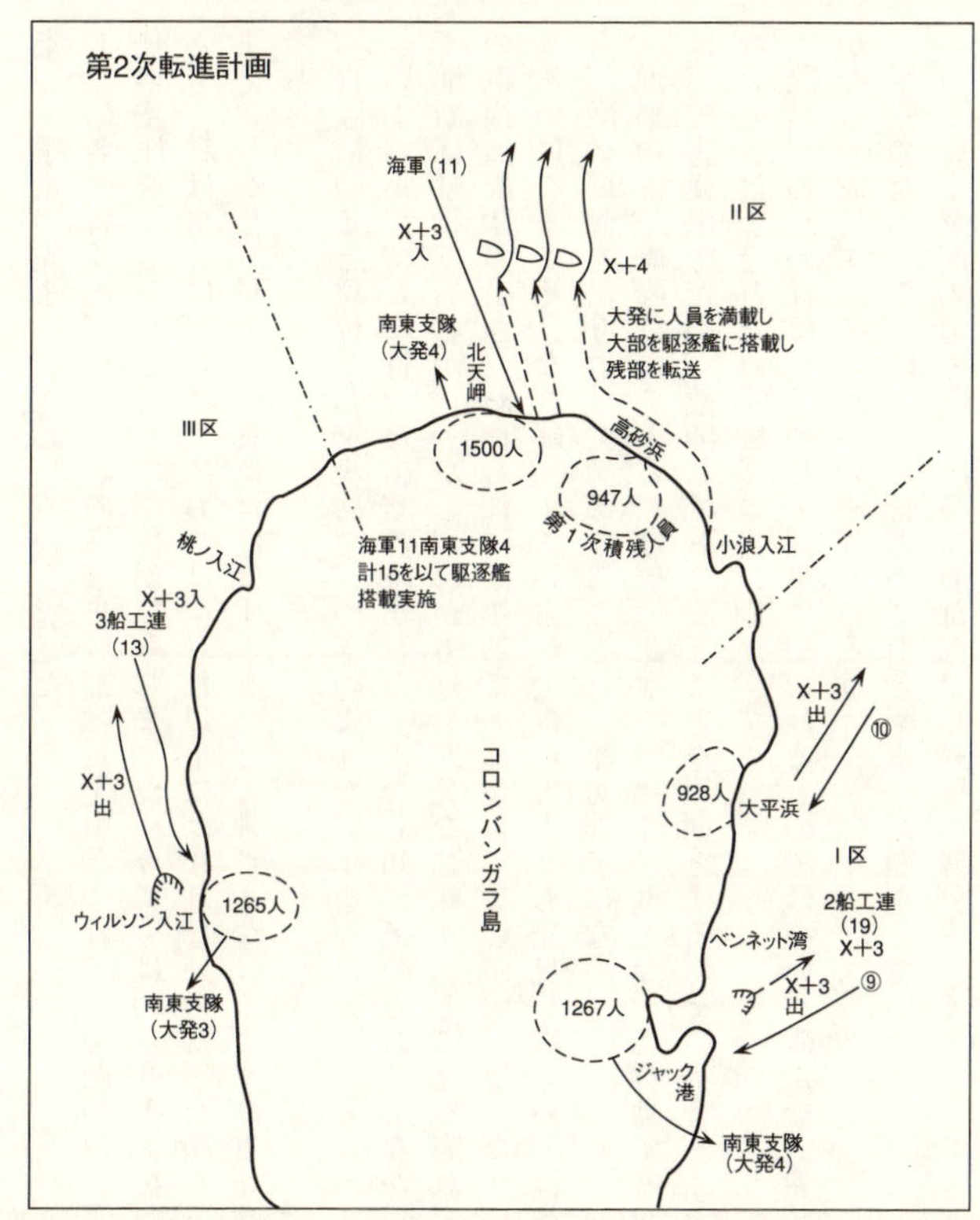

自分のグラスにもつぎおわると、「ではお願いしますよ。ご成功とご武運を祈ります」と、おごそかに言って、グラスを口に持っていった。われわれも、そろって乾杯した。良質の酒が、さっと咽をとおったとき、私は、「とうとう来たな」とおもい、わけもなく身ぶるいするような感慨が、背筋を

走って手足の先までいきわたるのを覚えた。

三〇名の将校と、三〇〇名の海軍舟艇部隊員を引きつれて、激闘の海に乗りだしていく責任の重圧をひしひしと感じて、体がひきしまった。今でもはっきりと記憶しているが、そのとき、私は自分に対して、「おれは、おれ以上にはなれないのだ。だからあるがままにふるまえ。しかし、見苦しい真似だけはするな」と、押さえつけるように言いきかせていたものである。

自隊に帰ると将校たちを集めて、つぎのような訓示をした。

「いよいよ、待ちに待った出撃の時がきた。みなも知ってのとおり、なかなかてごわい相手で油断は禁物であるが、しかし、わが方にも充分な強味があることを忘れてはならない。敵の電探は形体の小さいわれわれには無効であるから、この暗闇では、たがいに視力だけのせりあいになる。そうなれば、小さい方が大きい方よりも発見しにくいのは当然である。だから、敵の間隙を潜りぬけて突破することは、不可能ではない。

進撃中は、艇隊は、できるだけ艇の距離をつめて一丸となって行動するが、敵中突破の際は、被害極限のため、散開しておこなうことを原則とする。その場合、ふたたび集結ができないときは、それぞれ単独でコ島に向かってくれ。

諸君、われわれは、けっして簡単にやられるものではない。みんな、希望をもって行けば、かならず成功する。たがいの幸運を祈ろう」

緊張のため、みなは、少し青ざめて引き締まった顔をしていた。

いよいよ夕闇の迫るころ、各舟艇部隊は単縦陣の隊列をつくって、スンビの入江を、つぎつぎと出ていった。

私は、先頭の大発に乗って、すぐ前をゆく艦載水雷艇のあとを追った。

暗闇が海面をすっぽり包んでしまうと、鼻をつままれてもわからないくらいであったが、そのうちに目が慣れてきて、前方はるか遠くに、海面がうす黒く盛り上がっているのが、めざすコ島らしいとわかった。

そのとき、コ島の東のはずれの中空に、青色の吊光弾(ちょうこうだん)が一つポツンと火をつけた。これは、わが軍の夜間水上偵察機の規約信号である。

青色吊光弾一個――この下に敵駆逐艦あり
青色と赤色吊光弾各一個――この下に敵巡洋艦あり
右のようなとり決めがあったから、「さては、もう敵駆逐艦が出てきたか」と思ったが、しばらくして赤色の吊光弾がさらに一つ追加して輝いたので、「これは巡洋艦ではないか。いよいよ助からんぞ」と思った。それというのも、味方の駆逐艦がきてくれるのは、まだ三、四時間先のことだからである。

アメリカの駆逐艦は、コ島にはあまり近づかないだろう、と私は判断した。そして、つぎのように予測した。

その一帯は、魚雷艇の受け持ちになっていて、わが巡洋艦が敬遠するほどの狭い海面だから、敵の巡洋艦もはいってはこないだろう。とにかく、はやくこの危険な中間区域の海面をとおりぬけてコ島に近接することが先決である。コ島近辺にいる敵の魚雷艇だけならば、こちらも機銃で渡りあう自信がある。

艦隊の速力を隊形の維持できる限度いっぱいに上げて、針路を正南にとって、まっしぐらに進撃した。

ところが午後十時ころ、左正横四キロ付近の海上に、はげしい機銃の曳跟弾がとびかい、さらにまた、艦砲射撃の発砲の閃光が連続して光るのが見えた。

これは先刻、スンビ出撃後まもなく認めた吊光弾の下にいた、米海軍M・J・ギラン大佐の指揮する駆逐艦「オースバーン」「クラックストン」「タイソン」「スペンス」「フーテ」の五隻と、それに掩護された魚雷艇群であった。

米軍は、まず魚雷艇の射撃によってわが舟艇部隊の位置を、猟犬ポインターが獲物の方向を指示するのとおなじにポイントして、そのうしろに控えたハンターである駆逐艦が砲撃をくわえるというやり方であった。これは、レーダーの利かない目標の舟艇群にたいする、彼らの考えだした戦法であった。

米軍にまず捕捉された不運なわが舟艇隊は、海軍の大発二隻と、船舶工兵第二連隊の大発四隻で、この隊はコ島北東角の入江をめざしていたので、最初に敵とぶつかる羽目になった。

しかし各艇は、勇敢に敵魚雷艇に機銃の応射をくわえる一方、南西に変針して敵からの離脱をはかったが、運わるく米駆逐隊の集中射撃をかわすことができなかった。陸軍大発三隻と海軍大発一隻が沈没して、陸軍の中隊長・和気道夫中尉以下五一名が壮烈な戦死をとげ、第二艇隊長・竹中義男少尉がのこった大発二隻を指揮してコ島高砂浜にむかった。

これは、まことに尊い犠牲であった。そして、そのおかげで、他の舟艇部隊は、いずれも危機をまぬがれたのである。

故障艇を捨てるべきか曳航すべきか

　私の乗った艇隊は九隻であったが、これも同様に、離隔運動をおこなって、南西の針路をとった。しかし、コロンバンガラ島が近くなったので、また、夜半に変針して、コ島北端の北天岬に向首した。

　そのとき前方二キロくらいの海上で、舟艇隊の前路を右と左から挟むように、青色と白色の信号弾が、一発ずつ、ゆっくり尾を曳いて上空に上がり、暗闇にボーッと輝いて消えた。

「味方には、このような規約信号はないから、これは間違いなく敵の魚雷艇同士の合図である」と判断した私は、艇の速力を落として各艇の距離をつめると、メガホンで後続の各艇に、

「前方に敵魚雷艇がいる。両舷機銃戦用意。四五度に備え。射撃の開始は一番艇にならえ」と伝令させた。

　九隻の大発は各艇二梃の一三ミリ機銃に弾倉を装塡すると、射手はそれぞれ右と左に各四五度方向に筒先をむけて、一触即発の構えをとった。

　大発はスピードを上げると、一列の縦陣で突撃にうつった。

　緊張の数分間は過ぎたが、米軍は、わが方の九隻のガッチリと固めた陣列をみて敬遠したのか、左方に一隻、それらしい船影が闇のなかを遠ざかっていっただけで、結局、何事もなくすんだ。

　ちょっと拍子ぬけがしたが、すこしでも多くの大発をコ島に到着させて、味方の収容に役立たせることが肝心であるから、まずはよかったのである。

やがて前方に、大きく、黒いコ島が一杯に両手をひろげて、舟艇を迎えるように迫ってきた。時計をみると、もう午前三時になっていた。あと一時間半で、夜が明けるのだ。急がないと大変である。

島の中央の標高一六五八メートルの火山の頂上が、星空にくっきりとそびえている。去る三月二日に、私の乗艦「村雨」が沈んだときに、この島に向かって、生きることを目標にして、がむしゃらに泳いだものだが、今はその同じ島に、味方を救い出すために向かっているのである。私は、一刻、感慨にとらわれるのを禁じえなかった。

ところで、今は、一刻も早く入江をさがさなければならない。携帯羅針儀をとりだして、山の方位を測って、「南二〇度東」という値を読んだ。これは、まずい。まだ、方位にして、二〇度も艇隊は西に寄り過ぎているのである。めざす北天岬は、ちょうど山頂を正南に望むべきところなのである。海図によると、まだ一〇キロは東に走らなければならない。そのために、少なくとも四〇分以上の貴重な時間をとられるのである。

そして、そのあと、日の出までの残されたわずか半時間あまりの間に、入江をさがして、九隻の艇を全部かくし終わらねばならないのだ。もし、一隻でもとりのこしたら、それが全舟艇が、敵機に発見される端緒になりかねないのである。そうなれば、勿論、「万事休す」である。

コロンバンガラ島は、別名〝円形島〟とよばれるとおり、レコード・プレイヤーのターン・テーブルのような島である。岸に沿って、艇隊は心せわしなく東に走るのであるが、島の岬はおなじ形態の岸辺の傾斜面が、高さも傾斜角もほとんど変わらないで順ぐりに出てきては去ってゆくだけである。これという岬はなく、どれもが岬であり、またどれもが岬ではなかった。

そのうちに空が白みはじめて、岸の黒い火山岩の肌のひだが、一つ一つ見わけられるようになってきた。

私は、さわぐ心をおさえて、山の方位をつづけて測定したが、まだ五度ぐらい先であった。そのとき見張員が、「大発が一隻おくれている」と報告したので、弱ったな、と思いながら、双眼鏡でうしろを見た。一隻の大発が、機械が故障したのであろう、列外に止まって、どんどん後方へ、そのまま取り残されていくではないか。すぐ艇隊に停止を命じて、数分間、故障艇の様子をみることにした。

艇隊は騒ぎだした。二番艇が私の大発に接近してくると、「指揮官、あの大発は、ほって行きましょう。そうしないとわれわれが皆、敵機の餌食（えじき）になります」と訴えた。

しかし、入江はもうすぐであり、大発を一隻でも失ってはならないことを、私は二番艇に言いきかせて、最後尾の大発に故障艇の曳航を命じた。

艇隊は、ふたたび走りだした。しかし、故障艇の処置のために貴重な一〇分間はロスしたようである。そのうえ、曳き船をしたので、全体の速度が落ちた。そして四時が過ぎた。もう、どうする事もできない。あとは天命を待つだけである。

ただ私にとっては、故障艇を見捨てなかったことだけが、ほのかな安らぎであった。

爆音がきこえた。西の方から、はやくもグラマン一機が日の出前の、上の方だけほんのりと明るくなった空を、くすんだ銀色の翼を傾けるようにして飛んできて、大発からすこしはなれた海岸線の真上をとおって東へ去った。

空はかすかに明るいが、海面はまだうす暗いので、こちらから敵機はよく見えたが、空からは気づかなかったのだろう。しかし、この次は、そうはゆくまい。

とにかく、気が気ではなかった。山の方位が正南になったのをみて、艇隊が北天岬に来たものと判断して、すこしずつ岸との距離を縮めながら、血眼になってめざす入江を探した。

どの顔にも感謝と感動の色が……

緊張と不安の、もどかしい数分が過ぎたとき、すぐ近くの岸側のうす暗い海上で、青いランプが点滅した。

「地獄で仏に逢う」という言葉があるが、私は、その言葉どおりの体験を一度もしたことはない。しかし、いま、それを痛切に感得した。「あれだ」と、快哉を叫んで、すぐその光にむけて転舵した。そのランプは、陸兵二名がカヌーに乗って、水路の案内に出ていたのだ。

九隻の大発は、いっせいに岸にむかった。しかし、入口は一本の水路だけである。その水路の出口は、砂でうずまっていたのだが、兵士たちが一週間も前から、毎晩水の中にはいっては掘り下げていたという。

カヌーの先導で、大発が岸に近づくと、掘った水路の両側のうす暗い水の中に、首までつかった人の頭が、点々と一直線になって、岸まで七、八〇メートルの間に、大発の幅より少しひろく二列に並んでつづいているのが見えた。

案内の兵士は、人頭の列のあいだをとおってくれという。艇が、その言葉にしたがって徐行して行くと、首から上だけの丸坊主の清潔そうな若い顔が、キリリと口をむすんで、正面をじっと見つめているのが、目にはいった。どの顔にも、深い感謝の色がにじんでいた。

さすがに私は、胸にぐっと熱いものがこみあげてきた。

「君たちは、こんなにして待っていたのか。われわれは、危険をおかしてやってきたが、それでも、やはり来て本当によかった」と、心から、そう思った。

大発は、全部川にはいって、片側の丘の裾の岸に横づけした。しかしその場所は、上空がすっかりあけはなしなので空から丸見えの危険がある。

そのとき、先刻から、大発の係船を世話していた元気そうな陸軍の中尉が、岸に上がると、すらりと軍刀を抜いて、丘の斜面にむかって「舟艇の擬装始めえ」と、大声で号令をかけた。

すると驚いたことに、いままで静かだったそこの丘の林が、急にざわざわと動きだして、林の中から、もう一つの林が出てきて下の方に降りはじめた。よく見ると、立木一本ごとに兵士がついて運んでいるのである。

それは、一〇〇名をこえる兵士たちであった。彼らは、あらかじめ奥の方で切ってきた立木を準備していて、命令一下、さっと丘を降りて、大発一隻一隻に立てかけて、あっというまに丘の林を、ちょうど写真機の三脚台の脚を引きだすように、下の方に引き伸ばして、九隻の大発をすっぽりと包みかくしてしまったのである。

先刻の水路案内といい、この舟艇擬装といい、まったくいたれりつくせりの処置に、ほとほと感服した。

そして、舟艇を隠し終わるとほどなく、第二番目の敵の偵察機が、上空を通過した。

ある。

こうして、ひとまず、北天岬に落ちついたので、難作業のほぼ四分の一は終わったわけで

一息入れたところで、私は、今朝の故障艇の処置について、反省した。紙一重のところで、大発は全部、無事に川の茂みにおさまったからよかったものの、考えれば、危ない綱渡りであった。もしそのために、全艇隊を失うことがあったら、なんと申し訳ができるか、と考えた。

これは、非常にむずかしい問題である。もし全艇隊を失うことになったら、ひどく嘲笑を買ったであろう。またもし、一隻の大発を見捨てて行ったら、世間にたいして、たとえ言い訳は立っても、私自身は、生涯それで心がとがめることになったであろう。

とにかく、これは、結果が良かったことだけを、神に感謝するより他はないのである。

この種の、「二者択一」は、戦には付き物である。そして、ふつうには、「一殺多生」の教えが、その時の行動を支配するものであるが、はやまると冷酷無情になり、おくれると優柔不断になるのである。私は、その後者の一歩手前まできていたのではないかと思って、ひそかに胸をなでおろした。

舟艇部隊員は、各中隊ごとにまとまって陸に上がって、ジャングルの中で休息して、日暮れを待つことにした。

この日、九月二十八日の夜は、わが駆逐艦四隻が撤収部隊搭載のために北天岬にくるので、海軍大発は人員を岸から駆逐艦へ運ぶことになっていた。

夕方になると、各大発は入江を出て、浜で撤収部隊を順次に積んで沖に出ていったが、全

部で海軍大発一二隻、搭載人員は一八五〇名であった。また、べつの海軍大発六隻は、おなじころコ島の東側の大平浜から、人員八〇〇余名を運んで、北天岬沖にやってきた。

午後九時前に、ベラベラ島の方から四つの黒い艦影が北天岬に急速に近づいてきた。そして先頭の艦が、一団になって待ちかまえている舟艇隊にむけて微光力の青ランプで味方識別信号を二回送ると、急に速力を落とした。

舟艇隊はすぐこれに信号で答えて列をほどくと、それっとばかりに母犬にたかる子犬のようにせわしげに、微速力で進入してくるそれぞれの駆逐艦に群がった。

大発は、駆逐艦の黒い影のような艦橋や、主砲を見上げるところまで接近した。

先頭艦は、特長のある朝顔形の艦首をした旧式の月型駆逐艦「皐月」で、それと同型の「水無月」「文月」が後につづいて、殿艦（しんがり）は一回り大きな特型の「天霧」であった。

各艦の艦上では総員が戦闘配置についていて、主砲も機銃も、みな沖の方にむけて旋回して、砲員が、砲側で粛然と射撃準備の身がまえをしている。その姿が、下の大発からもよく見えた。

大発の艇員も、敵の魚雷艇にたいしては、油断なくかまえていたが、駆逐艦のこの警戒ぶりをみて、自分たちも負けてはおれぬ、といっそう気持ちがひきしまるのであった。

やがて駆逐艦が停止して漂泊すると、それぞれ横づけした大発から索や綱はしごを伝って、転進部隊の将兵のすばやい能率的な乗艦がおこなわれた。午後九時三十分には二六八五名全員の移乗が難なく完了した。

敵の魚雷艇二群、駆逐艦四隻あらわる

作業がおわったら、駆逐艦は長居は無用である。大発の方も、じゃまにならないようにといそいで艦から離れていった。

ちょうどその時だった。東の方から、二群六隻の米軍魚雷艇が、わが駆逐艦をねらって襲撃してきた。それは、最初は暗い海に高く盛りあがった波が、すごいスピードでやってくるようにみえた。

しかし、米軍魚雷艇は少し手前で、おりから集結して入江に帰ろうとするわが舟艇部隊と、はちあわせになってしまった。双方は驚くと同時に、たちまち激しい機銃戦を展開したが、すっかり、その位置を暴露してしまった米軍魚雷艇は、わが駆逐艦からも痛烈な砲撃をうけたので、情勢不利とみて、いちはやく逃走した。

しかし、わが大発二隻がこの戦闘で不軌な運動をしたために、岸辺の珊瑚礁に座礁してしまった。人員はすぐ収容したが、船体は二日後に、米軍機の銃撃で炎上沈没してしまった。一隻でも多くの大発がほしいときに、実に大きな損失であった。

北天岬の駆逐艦搭載のあった同じ夜、陸軍船舶工兵第二連隊の大発一七隻と同第三連隊の大発一〇隻の各舟艇部隊は、コ島の東と西の両側の入江を、午後七時から十時にかけて、総勢二五〇〇名の撤退部隊を乗せて発進して、チョイセル島にむかった。

その夜は、米軍側の注意を北天岬のわが駆逐艦群が引きつけたせいでもあろうか、それらの舟艇部隊は幸運にもまったく妨害をうけないで危険海域をとおり抜けて、無事スンビ基地に帰着した。

しかし翌二十九日の夕刻、海軍舟艇部隊がコ島北岸の岬から五隻に五〇〇名、小浪入江から四隻に四〇〇名、高砂浜から二隻に二〇〇名を乗せて、それぞれ艇隊別に護衛なしでチョイセル島にむけて進発したときには、前夜のようにうまくはいかなかった。

午後八時ころに、いちばん東寄りの小浪入江から北上した艇隊は、右舷二キロ付近に、黒い影のように敵の魚雷艇二隻が同航して、じょじょに接近してくるのを認めた。

中隊長の庄子中尉は、ただちに機銃射撃と擲弾筒（てきだんとう）の発射準備を命じた。

そのとき、見張員がけたたましい声で、「右一五〇度、敵艦多数」と叫んだ。

庄子中尉は驚いて、右舷の斜後方を双眼鏡で見ると、いるわ、いるわ、暗い海上に薄ぼんやりと、駆逐艦らしい艦影が四隻ならんで、まぎれもなく、わが舟艇隊を尾行していることがわかった。

これは、F・B・ウォーカー大佐の指揮する米駆逐艦「パターソン」「フーテラルフ」「タルボット」「マッカラ」の四隻で、米軍の常用戦法どおり魚雷艇の猟犬ポインターに、駆逐艦のハンターが後続していたのである。

庄子中尉は、とっさに、下手に魚雷艇と射ちあって、艇隊の位置を暴露すれば、たちまち駆逐艦の集中砲火をうけることはまちがいない、と判断した。そこで、意を決すると、後続の各艇に、方向性の発光信号で、「イマヨリ取舵ニ避退スル列ヲトケ」と命令した。

信号が各艇にとどくかとどかぬうちに、後方で敵艦の射撃がはじまった。艇隊は、各艇それぞれが「トリカジイッパイ」をとって、敵に艇尾をむけて全速力で避退した。

米軍はまず星弾を射撃して、目標付近一帯の上空に、たくさんの落下傘つきの照明灯を吊るし、わが大発をみつけては、砲弾を射ちこんでくるのである。レーダー射撃とちがって、米軍も厄介なのである。

こっちのつけめは、星弾が消えているあいだに各艇の散開距離をひろげて、被害と被発見を極限することである。米軍の魚雷艇は艦砲射撃がはじまると、すでに弾着圏外へ姿を消してしまったから、あとは駆逐艦の目から逃れればよいのである。

しかし、こうなると米軍も、「下手な鉄砲も数射ちゃ当たる」で、とにかく射ちまくってくるので、わが舟艇の周辺には、うなりを生じて敵弾が無数に落下しはじめた。舟艇隊員も、「お客さん」の撤収部隊員も、いつ、まぐれ弾が当たりはせぬか、と生きた心地はしないのであった。

大発のエンジンは、力のかぎり回った。シリンダーが、過熱して焼けそうである。しかし、一番艇の竹内太郎機関兵曹をはじめ各艇の機関員は、「機関の停止は、わが艇の命の終わり」とばかりに必死の努力で、最後までオイルや冷却水の調子を狂わせなかった。

長い緊迫の二時間が過ぎた。

ようやく、チョイセル島が、目の前に黒ぐろと長い島影をみせてきた。

米軍は、長追いするとわが駆逐艦や潜水艦の待ち伏せにあうのを恐れたのか、ついに射撃を中止して帰って行った。舟艇隊は、どうやら、逃げきったのである。

しかし、まだこれで済んだわけではなかった。

翌三十日に、それまで故障のために、コ島に残っていた海軍大発四隻の修理ができ、転進部隊三二五名を乗せて、午後五時三十分にコ島北岸を離れてチョイセル島にむかったが、まもなく、米軍艦艇の追跡をうけた。それは、前夜あらわれた同じ駆逐艦四隻と魚雷艇であった。

ところが、こんどは米軍も、前夜の失敗に懲りたのか、一段と肉薄してきて、艦砲の猛射を浴びせたので、午後七時四十五分に、三番艇が直撃弾をうけて、転進部隊員九〇名とともに沈没した。

一番艇は、船体に被弾して浸水してきた。海水の噴出する破口を、近くにいた兵士が、いそいで自分の上衣をぬいで丸めて詰めこんでふさいだり、みなで手送りで水をかい出すなどして、どうやら沈没を防ぐことができた。スンビにたどり着いて、西方の入江で人員六五名を揚陸させたが、もはや破口は修理の手段もなく、浸水も増大して、ついに沈没した。

四番艇は、スンビの東二〇キロにあるサンビで、九一名を揚陸したが、艇長以下六名の戦死者があった。

二番艇は、どうやら無傷であった。スンビに七三名を揚陸することができた。

12 「セ」号第二次撤収作戦

第二次出動をしぶる艦隊司令部

「セ」号作戦の第一次撤収作戦は、前述の一連の舟艇機動によって一応完了はしたが、その結果生じた機動舟艇部隊の損害は、けっして予想を下回るものではなかった。

陸海軍の各舟艇部隊は、保有舟艇の半数ちかくを失ったし、隊員にはすくなからぬ犠牲者を出したのである。

第八艦隊司令部も機動舟艇部隊長も、ある程度の犠牲はやむをえない、と覚悟はしていたが、現実にこのような損害をまのあたりに見ては困惑の色をかくすことはできなかった。そのうえ、第一次作戦の経過をみると、すでにわが方の撤収の企図が、米軍側に察知されているようにおもわれた。

ついに、第八艦隊司令長官から、「第二次機動決行延期」の電報命令がスンビ基地本部の機動舟艇部隊長あてにとどいた。

芳村指揮官は、この電報をみて大いに苦悩したが、そのときのことを、戦後つぎのように回想している。

「たとえ延期しても、わが海軍からの救援による舟艇隊の護衛強化は、まったく期待できない情況であった。また現地の情勢はきわめて切迫し、延期は残存部隊六〇〇〇名を見殺しにする最悪の場合になることは必至で、成否いずれかにかかわらず、わが舟艇部隊は全滅を賭（と）さねばならない、と直感した。

第一次輸送のとき、ふしぎにも撤退部隊満載舟艇がほとんど奇蹟的に覆滅をまぬがれたのは、たしかにこの救援活動にあつい神仏のご加護があるものと看取された。わたしは延期に反対して、当初の予定どおり続行することに決意して、意見を具申した」

芳村指揮官の意見は、ついに採用された。芳村少将は九月三十日、機動舟艇部隊にたいして、つぎのような第二次撤収決行の作戦命令を下達した。

一、神助ノ加護ト諸隊ノ勇戦敢闘ニヨリ第一次転進機動ハ所期ノゴトク成功セリ

二、機動舟艇部隊ハ再度「コ」島ニ転進第二次機動ノ必成ヲ期ス
　襲撃部隊ハ十月一日駆逐艦三ナイシ四ヲ出撃警戒十月二日自余ノ駆逐艦全力ヲモツテ出撃三隻ヲ輸送艦トシ九月二十八日ニ準ジ人員搭載ヲ行ウ

三、各舟艇部隊長ハ第一次転進機動要領ニ準ジ第二次転進機動ヲ完遂スベシ
　タダシ海軍舟艇部隊長ハ十月二日駆逐艦三隻ニ対シ約二〇〇〇名ヲ搭載後スミヤカニ転進スベシ
　各舟艇搭載人員ハ最小限一〇〇名トシ一名残置者モナカラシムベシ

使用舟艇区分
海軍舟艇部隊　大発一二隻　護衛艇三隻
船工二連隊　大発一八隻　護衛艇四隻
船工三連隊　大発一三隻　護衛艇三隻
（以下省略）

いっぽう、コロンバンガラ島の南東支隊は、どうしていたのだろう。彼らは第一次輸送が成功しても、第二次は敵が知ってしまったうえでの撤収であるから、敵の妨害と舟艇の減耗を考えると、成功の率はきわめて低いものと判断していたのである。

そのうえ、米軍から最後の関頭に追いこまれていたので、反撃する力はすでになく、玉砕か、転進かの岐路にたっていて、もう輸送を第二次は勿論、第三次に延長することなどは、まったく不可能だとあきらめていた。また、第一次輸送の際、舟艇隊の手ちがいで大発五隻分の積みのこしができていたので、コ島北岸で海没した六隻の大発を計算に入れると、第二次輸送は一〇隻以上の過剰人員になっていた。

そのため南東支隊は、艦隊と交渉して人員輸送駆逐艦の参加を決めてもらったが、それでも支隊長は駆逐艦は現場に到着してみなければわからない面もあるとして、用心のため大発だけで輸送を実行する計画を命じて、大発一隻に平均一二〇名（大発の定員は大体八〇名であった）を乗せることにした。

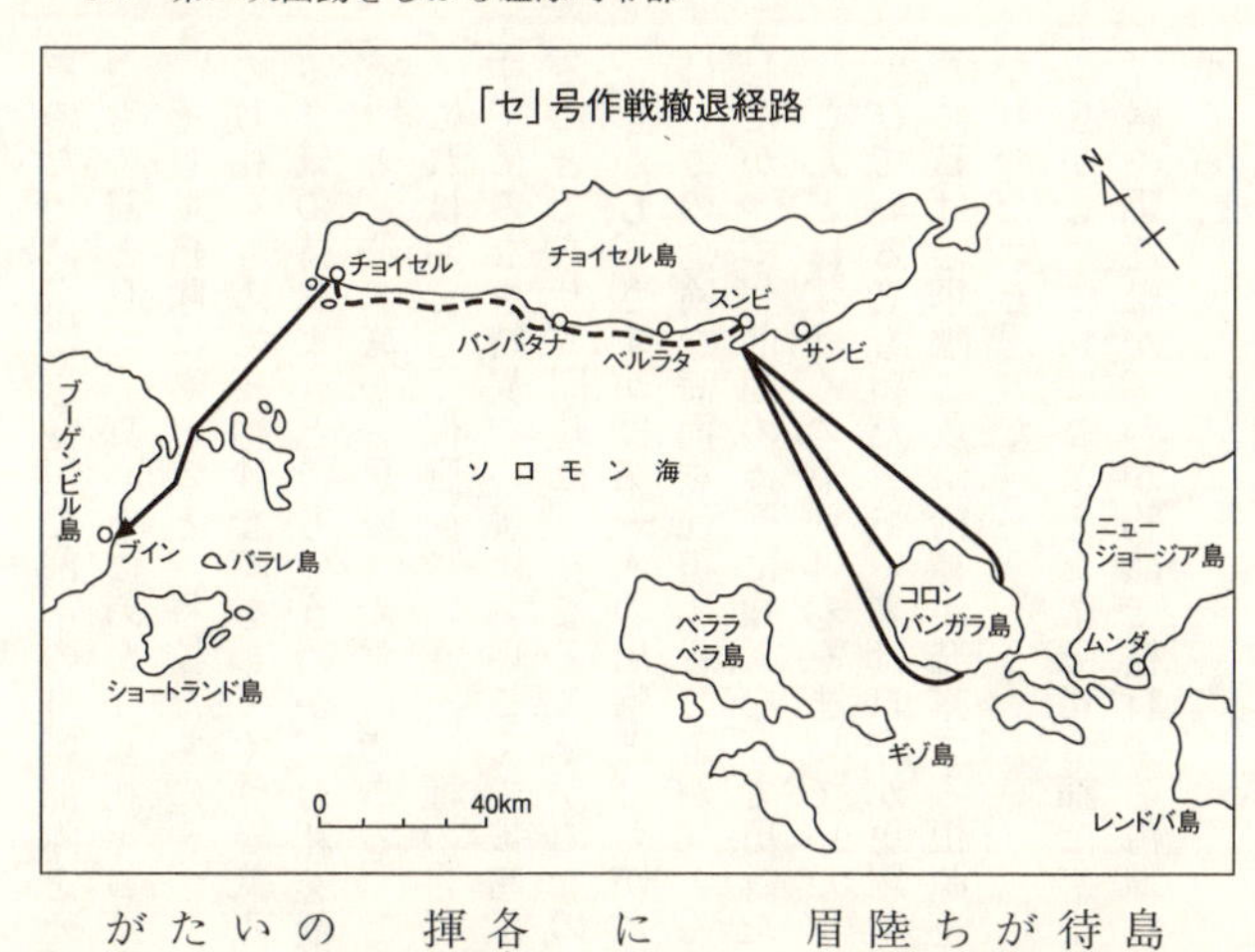

こうしていよいよ、十月二日の午前十時に、コ島の各地区隊は、それぞれの陣地を撤収して乗船待機位置に向かった。この日は、朝は晴れていたが昼前から雨にかわった。そのため支隊首脳がいちばん心配していた、コ島南岸にたいする米軍の陸上進攻の徴候がないので、まず支隊の一同は愁眉をひらいた。

ふたたび、話を対岸のスンビ（チョイセル島）にもどそう。

スンビでは十月一日午後三時ころ、基地本部に各舟艇部隊長が集合して、前回とおなじく芳村指揮官の激励の言葉を聞いていた。

芳村指揮官は話が終わったあとで、各舟艇部隊の将校にもれなくわたすように、と霊験の高いといわれる、さる寺院の守り札を各部隊長に分配した。そして「その札を丸めて飲みこむと、敵の弾が当たらないぞ」とつけくわえた。

艦隊から一隻の護衛駆逐艦さえ出してもらえず、

そのために全滅を覚悟で部下の舟艇部隊を死地に送りださねばならない芳村指揮官が、せめてもの餞(はなむけ)として、真心をこめた守り札をおくったことを、私はすなおにありがたいと思った。そして自隊にもどると、将校たちに一つ一つ守り札を手わたした。一同は私にならってそのお札を丸めて、神妙な顔をしてぐっと飲みこんだ。人間とは、まことに心の弱いものである。気の持ちようとでもいうのか、お札を飲みこんだ瞬間に、「おれには弾丸は当たらないぞ」と、心の底から思いこんだのである。

これはおそらく催眠術でいう、一種の自己暗示だとおもうのだが、このときの雰囲気は、すでにみなを特異な心境においこんで被暗示性のたかい状態においていたから、まずありうることであり、同時にそうなることがみなのために大きな救いにもなったようであった。

しかし、さすがに第一次の出撃とはちがって、みなの様子はガラリとかわっていた。彼らは、この危険な海面を往復することが、どんなものであるかを充分に承知しているのである。したがって、前回のように知らないで勇みたったのとは、わけがちがうのである。

こんどは、多くの者が鉢巻をまいていた。そして中には、目がギラギラと光って、殺気をおびている者もいた。ある者は自分が勇躍することで自己陶酔しているようにもみえた。そこに私は、軍隊の攻撃精神が発露する根源をみたような気がした。そして「これは純粋無垢なものだ」と思った。

しかし、これにこたえた艦隊司令部は、まったく無力で、また冷淡でさえあった。敵の巡洋艦や駆逐艦が、わが物顔で横行する海域に、お付きあいにでも出せる艦艇がないというのである。

私は、前回の輸送のとき、コ島北岸で海水の中に首までつかって立っていた若い兵士たちの顔を思い浮かべた。そして「だれかが、行ってやらねばならないのだ」と、心の中でくりかえすように唱えながら先頭艇に乗りこんだ。

疾風のごとく襲いかかる米駆逐艦

午後五時、各舟艇部隊は、しずかにスンビの入江を出ていった。

この夜は米軍も、わが撤収作戦妨害のために、かなりの水上兵力を繰りだしていた。まず、クック大佐の指揮する駆逐艦「ウォーラー」「イートン」「コニイ」の一隊と、チャンドラ中佐の指揮する駆逐艦「ラッドフォード」「ソーフレイ」「グレイソン」の一隊が、このせまい海域を、たがいにじゃまをしあわないように、間隔をとって動きまわっていた。

午後七時三十分、海軍舟艇部隊は、左前方から正横付近にかけて、約一〇キロくらいの距離から米駆逐艦の射撃をうけた。これは、たまたまその方角にいたわが「伊二〇号」潜水艦が、水上状態で、駆逐艦「イートン」に発見されて、攻撃をうけたためのものであった。

舟艇部隊は、すぐ西方に変針して、敵の駆逐艦から離脱をはかったが、その間に不幸にも「伊二〇号」は被弾転覆して沈没した。

東の方が静かになったので、舟艇隊は、ふたたびコ島に向首して走った。八時三十分ころ、前方の暗黒の海面から、キューンと高く響く鋭い回転音が、風に乗って急速に迫ってきた。

何だろう、といぶかったが、耳をすましてよく聞くと、どうやらそれは、駆逐艦勤務で聞きなれた、艦が高速運転の際に発する、ボイラーの強圧通風用のファンのうなり声のようであった。

「しまった！　敵の駆逐隊が、まっこうからやってくる。これは近いぞ」

と思ったとたんに、前方二キロ付近を、三隻の駆逐艦の黒い艦影が三〇ノット（時速五五・六キロ）ちかいスピードで、右から左へななめに、ちょうど踏み切りを通過する急行列車のような勢いでとおり過ぎた。

これは、チャンドラ中佐の指揮する、「ラッドフォード」「ソーフレイ」「グレイソン」の三隻の駆逐艦であった。

その瞬間、敵の駆逐隊は、われわれを発見したかもしれないと思ったので、その行方を注視していると、はたして彼らは、わが舟艇隊をやりすごすと、後ろの方にまわりこむように変針して、すぐ射撃を開始した。

おきまりの星弾射撃である。やつぎばやに射ちだす星弾はうなりを生じてとんでくると、舟艇隊の上空をこしたあたりで、天空をおおう大音響で破裂して、たくさんの照明灯を、ずらりとカードをひろげるように、空にならべた。

すっかり明るみにさらされた舟艇隊は、いっせいに面舵（おもかじ）をとって避退した。それを追うように敵の砲弾が舟艇隊の周囲に落下して、あたり一面に水柱の側幕を吹きあげた。

各艇は、全速力で水煙の中を走った。ある艇は、至近弾をくらって、全員、頭から水柱の大波をかぶって、ずぶぬれになった。水煙は、高く霧のようにたな引いて、一部の舟艇をかくすほどであった。

敵弾は、ときにはひと息つき、また、激しい集中をくりかえした。やがて、ふと気がつくと、星弾は消えてもとの暗闇にもどっていた。ながいような気がしたが、あるいは、一〇分くらいのものであったかもしれない。敵は、疾風(はやて)のように去ったのである。

　翌朝、北天岬の入江で、数隻の大発がまだ着いていないことを知った。しかし昨夜は、敵駆逐艦から砲撃をうけたあと舟艇隊は分散して、一部は高砂浜か小浪入江に向かったものもあるらしいというので、まだあきらめるには早いと思ったが、第一中隊長の伊藤大尉の顔がみえないのが気になった。

　そのうち、熊谷大尉と艇長の斎藤永吉一等兵曹がやってきた。彼は、敵弾のはね上げた水しぶきをかぶった跡が、服の上着に黒い煤のようなしみになって残っているのをさして、

「あの時は、もうだめだと、何度も思いました」と語った。

「左舷の方で、ものすごく弾着の集中したところがありましたね。水煙でよくわからなかったが、あそこで、大発が、少しやられたのじゃないですか」と聞いてきたが、私は、すぐには答えられなかった。確かに、終わりのころは、敵弾は一ヵ所に集中されたようであった。そのおかげでわれわれは、危機を逃れることができたのかもしれない。私は目をつぶると、心の中で黙禱をつづけた。

　後日、作戦終了後も伊藤大尉は、ついにスンビに帰ってこなかったので、やはり、そのとき壮烈な戦死をとげたもの、と認定されたのである。


玉砕返上、友軍一万二〇〇〇名をついに救出

　十月二日の夕刻、いよいよコ島の最終撤収がはじまった。

各乗艇地に集結した南東支隊の将兵は、最後の一兵ものこさないように、と将校や古参の下士官が人員の点呼に気をくばっていた。

艇の発進準備ができるまで、私は、入江のちかくのジャングルの中にいた。そして、遠足にいく学童たちのように、いそいそとまとまって乗艇場に去っていく兵士たちの姿を見ていると、いよいよ大詰めがきたな、という実感にとらえられ、なにか身内にぞくぞくと寒気のような、正体の知れない緊張感が湧くのをおぼえた。

もう日没もちかくなり、敵機もこなくなったので、ジャングルを出た。今まで、あわただしく出入りしていた撤収部隊の兵士たちも去って、人っ子一人いなくなった夕暮れ時の白茶けた立木の林は、いい知れない淋しさを誘うものである。「こんな所に一人でとりのこされたら、ほんとうに参ってしまうだろうな」と思うと、足は自然にはやくなっていた。

この夜八時すぎに、北天岬に前回とおなじく駆逐艦四隻が入泊して、待ちかまえていた舟艇隊から撤収部隊をつぎつぎと移乗させた。しかし駆逐隊は、敵水上部隊の来襲が気になったのか、ひとまず一四五〇名の移乗が終わると突然、のこりの舟艇隊にむかって、「敵が近いようだから、これで収容を打ちきる」と告げて、あわただしく動きはじめてしまった。

八時三十五分に、のこりの舟艇三隻は積み残した六二一名の撤収部隊を乗せたまま、一隊となってスンビに向かった。他の舟艇も、それぞれの位置から東西に分散してチョイセル島に向かった。

わが駆逐隊が北上をはじめると、米海軍クック大佐の駆逐艦三隻と、ラルソン中佐の駆逐艦「ラルフ」「タルボット」「テイラ」、それに新式駆逐艦「テリイ」などが東方から現われた。

両軍駆逐隊は、たがいに距離をたもって同航のまま遠距離砲戦を展開したが、そのうちにわが方は、「五月雨」が被弾して軽い損害をうけた。しかしわが駆逐隊は、撤収部隊輸送の任務を持っていたので、機をみて魚雷を発射すると、さっさと戦闘を切りあげて、ラバウルに引きあげていった。

もし、この魚雷が一本でも命中していたら、米軍の動きに何らかの影響をあたえたかもしれないが、残念なことに、魚雷は当たらなかった。

そして米軍水上部隊は、あとに残されたわが舟艇部隊に迫ってきたが、それは逃げる子供を両手をひろげて追いまわす、大人のようなものであった。星弾射撃と駆逐艦の集中砲火、そして魚雷艇の執拗な襲撃が、この海域のひろい範囲にわたってくりかえされた。

しかし、わが舟艇隊も、けっして負けてはいなかった。随所で、手持ち兵器の全力を発揮して魚雷艇に反撃をくわえ、相手がひるむすきに夜暗にまぎれて姿を消すこともたびたびであった。しかし、不幸にもこの間に、和田中尉は、彼の指揮する海軍大発艇上で、敵の直撃弾をうけて壮烈な戦死をとげた。また、五隻の大発が行方不明になって、これらは撃沈されたものと認められた。

この夜の米軍艦艇は、まるで、海面を大掃除でもするように、いたるところに照明弾を射ち上げては、すみからすみまではたきまわって、夜半が過ぎても、容易にその手をゆるめようとしなかった。しかし、それでも、わずかの間隙はあった。海上の一部に靄（もや）があって、陸軍の舟艇部隊の中には、うまく靄に隠れて突破したものもいた。

そしてわが舟艇が、ほとんどチョイセル島付近に脱出しおわった午前三時ころには、さすがに米軍も疲れたのか、ようやく獲物をあきらめて帰っていったのである。

こうして、七日間にわたる機動舟艇部隊の苦難と辛酸にまみれた撤収作戦は、ようやく終止符を打ったのであった。

舟艇がこの機動中に米軍から攻撃をうけた回数は、巡洋艦八、駆逐艦三六の多数にのぼった。このために沈没した舟艇数は約半数にたっしたが、不思議なことに、転進部隊を搭載していた舟艇は、一隻だけしか沈まなかった。

また、転進部隊側の戦死者数は、約二〇〇名で、全員の二パーセント以下という驚くほどの少ない損害であったが、これに反して機動舟艇部隊の戦死者は一七〇名にのぼり、参加人員の一五パーセントにおよんだ。

これは、わが艦隊の直接の護衛もなく、赤手空拳（せきしゅくうけん）で敵の駆逐隊と戦闘しながらこの海面を四航海もしたこと、そして八〇〇〇名の撤収部隊をチョイセル島に輸送し、またおなじく四〇〇〇名をコ島北岸で味方駆逐艦に移乗させてラバウルへの転進を援助したためであった。

要約すれば、見通しを誤ったニュージョージア作戦の失敗のあと始末を、結局か弱い舟艇部隊で、けりをつけたということになるであろう。

さらには、わが撤収をいちはやく察知した強大な米軍の執拗で激烈きわまる妨害を排除して、二度までもコ島を往復して、ついに友軍一万名を救出したこと、これは今次の太平洋戦争中ただ一度の貴重な成果であり、つまりは、再度の戦闘に耐えうる大部隊を撤収することのできた、〝玉砕返上〟の快挙を成就したものであった。

なお、ここに、米陸軍公刊戦史の、南東支隊の戦闘にたいする論評をかかげておこう。

〈……きわめて劣勢な日本軍の巧妙さ、頑強さ、および剛勇さを称賛することなしには、この作戦の記事を終わることはできない。

日本軍はこの作戦の経過中、四個師団にちかい連合軍を持ちこたえ、またその後ふたたび戦闘しうるよう、九四〇〇名を撤収させることに成功した。頑強な佐々木将軍は、彼の勇敢で有能な防御の指導にたいし、祖国の感謝を受けるに値している〉

いうまでもなく、論評中の「九四〇〇名撤退の成功」にたいする称賛のことばは、この作戦中、身を挺して難に殉じた、陸軍船舶工兵第二連隊四四名、同船舶工兵第三連隊五八名および海軍舟艇部隊六八名の諸英霊に呈すべきものであると私は信ずる。

なお、米軍は撤退人員九四〇〇名としているが、これは終戦直後の混乱期に収集した情報によるもので、本書に採用した約一万二〇〇〇名が事実に近い数字と思われる。

13 壮烈、ベララベラ海戦

一度は発信された「玉砕訣別」の電報

十月五日未明、「セ」号作戦を完遂した機動舟艇部隊は、あいついでブーゲンビル島に帰着した。

そのころベララベラ島の北岸では、八月十七日にホラニウ舟艇基地占領のために進出したわが陸海軍守備隊が、ニュージーランド軍に包囲されて苦戦していた。ニュージーランド軍は、同島南岸に六〇〇〇名の大部隊を揚陸した連合軍の先陣をつとめていたのである。

このホラニウ基地守備隊は、鶴屋好夫陸軍大尉が指揮していた。はじめ同隊がホラニウに上陸してみると、ベラ湾海戦で海没した陸海軍部隊の生存者一〇〇名たらずがジャングルの中から出てきたので、くわえて総員六〇〇名になった。しかしこれは、ただ頭数がふえただけで装備の増強にはならないので、新鋭の強力な火砲をもつ優勢な敵の攻撃をうけては、自然、守勢にまわらざるをえなかったのである。

いっぽう浅見少尉は、艦載水雷艇を指揮する桜木政治中尉に協力し、第一輸送隊の基地隊員を指揮してジャングルの中で、とぼしい弾薬を有効につかいながら敵兵の進撃をくいとめていた。

ある朝、敵の魚雷艇が入江にはいってきてゴムボートを降ろすと、七、八名の兵士が海岸に上陸した。彼らは、一人ずつ海岸につきだした岩かげから現われたので、こちらは茂みの中から、小銃でねらい射ちをくわせた。バッタリ倒れると、つぎの敵兵があらわれて、倒れた兵を運び去ろうとする。また射つと、その兵も倒れる。

こうしてつぎつぎに出てきて、四、五人倒れたところで、彼らも、さすがにあきらめたようであった。浅見少尉は、彼らが倒れた戦友の亡骸を、危険をものともせずに運び去ろうとするさまに、ひどく心を打たれた。

この点になると日本軍は、死者にたいするあきらめがよいのである。

海戦でも、事情はいろいろあるだろうが、沈んだ艦船をそのまま放置してさっさと引きあげる傾向が強かったが、これは、軍上層作戦指導部の人命軽視の思想が下にも浸透して、前戦の将兵は、自分や戦友の死をかるくみることに慣らされたのであろう。

こういう風潮は、明治のころからあったもので、例の「戦友」という軍歌にとりあげられるほど、戦闘中に倒れた友を介抱することが、よほど珍しかったのであろう。しかし、今次大戦中に、その歌詞の中で、「軍律きびしい中なれど……」の個所が、ついに軍部の忌諱にふれて、一般に歌唱することを禁止されたのは周知のことである。

もっとも、歌詞のその個所をとりあげたのは、格好な口実だったのではなかろうか。なにしろこの歌は、全体として戦友の戦死を悲しむ心が切々として万人の胸に訴えるような、迫真の哀感をこめて歌われているので、ヒステリックな軍の上層部が、まっさきに、これは「厭戦気分を流しやすい歌」として恐れたのではなかろうか。

ところが現代では、横井伍長や小野田少尉の奇蹟的な生還を、国民は心から喜んでいるのである。これは国民がなめた戦争の悲惨きわまりない体験にたいする反動として当然のことであり、これによって国民の気持ちが多少でも救われるならば、幸いというべきであろう。

しかし反面、この戦争で無謀な作戦のため、むざむざと犠牲にされた無数の人びとが思い出されないままに、年とともに忘却の彼方へ遠ざかってゆくことは、わびしいかぎりである。

さて浅見少尉は、のこった敵兵が魚雷艇に帰って、入江を簡単に引きあげていったので、すこし変だと思っていると、間もなく、どこからともなく砲弾が激しく集中して飛来しはじめた。いそいでジャングルの奥へ退避したが、敵は、ジャングルの中に歩兵は入れずに、少数の斥候を放って、こちらの隠れている位置を確かめると、砲弾の雨を降らせたのである。榴弾砲、迫撃砲の砲弾が、高い木の幹や枝にあたって、頭上でひっきりなしに破裂するので、隊員たちは肝を冷やした。

九月にはいると、糧食弾薬の欠乏がめだってきた。ブーゲンビル島からの舟艇による補給は、敵機の妨害をうけてそのことごとくが海没した。九月下旬には、糧食もなくなり、みなは、ジャングルで見つけた腐ったような椰子の実を割って、中身のふやけて林檎の実のようになった果肉をとりだしてはガツガツと食らい、また野生のパンの木の実を探して食うなどしてわずかに飢えをしのいだが、すでに人間の耐えうる限界をこえていた。

その弱りきったところへ、たまたましのびよった敵兵が銃撃してきて、一弾が、陸戦隊の若い水兵長の頭部をかすめた。それが脳のどこかを痛めたのであろうか、突然、その水兵長は立ち上がって、大声で八木節をどなり出した。浅見少尉は、びっくりして急いで止めに行こうとしたが、そのとき、八木節の声をめがけて、周囲から、激しい機銃の集中射撃がはじまった。

まもなく、銃声も八木節の歌声もやんで、ジャングルはもとの静寂にもどった。隊員たちは、困窮のドン底で、場ちがいの陽気な八木節が狂ったように哀れにも、ジャングルにこだまして非情な敵の銃火の前に消え去ってゆくのを、手をつかねて見送らねばならなかった。

そのなんともやり切れない気持ちは、まったく救いようのない惨めなものであった。

そして、数日後、第八艦隊司令部から、鶴屋守備隊長あてに、おきまりの「玉砕訣別」の電報が発信された。

最後ノ一員マデ全力ヲ大君ニ捧ゲ皇国武人ノ栄誉ヲ全ウセヨ

ところが、翌日、「セ」号作戦が、予想以上の成果をあげて完結したのである。

こうなると、艦隊司令部は、考えざるをえなくなった。いったん出した訣別電報ではあったが、これはガダルカナル島のツラギや、ニュージョージアのレンドバの玉砕とちがって、すぐ目と鼻のベラベラ島である。

これまでも、ソロモン、ニューギニアでは、六〇〇名やそこらの玉砕は、だまって見送ったことがあったが、こんどは、コロンバンガラ島の一万二〇〇〇名の救出ができたばかりのときである。この成果で湧きたっている全軍の喜びに、わずか六〇〇名の玉砕で水をさすこともないと思ったのかどうかは知らないが、第八艦隊司令部は、突如「鶴屋部隊救出」を決意した。

そして、ラバウルにある上級司令部の第十一航空艦隊に、事前にその承認を求めたところ、意外にも「待った」がかかった。その理由は、いうまでもなく、「ラバウルの防空のために、ガ島の方へむかって、つとめて遠くへ見張りの手を伸ばしておく」という、以前からの主張のくり返しに、ほかならなかった。この航空艦隊司令部は、「鶴屋部隊が玉砕しかけている」ということには、耳をかさないのである。黙っていれば、わずか数日の間でも、この部隊に玉砕するまでベララベラ島で対空見張りをやらせる気でいるのかもしれない。

これが戦争だとすれば、戦争とは、まことに冷酷なものである。

今次大戦は、わが方の敗戦で終わったが、「最後の一員まで、全力を捧げて、悠久の大義を全うせよ」などと訣別の電報を打って最前線に玉砕を命じた軍首脳部の大半の人たちは、何事もすべてがご破算になった戦後には、ただ黙々として一般の人の仲間入りをしてしまった。ちょっと考えると、寂しい気もせぬではないが、やはり、裸にすれば、みな同じ人間に変わりはなかったのであろう。

戦勝国の米英ではどうであったか。コレヒドール、シンガポールの守備軍は、わが軍だったら当然玉砕させられたところを、しきりに善戦したあと、とうてい勝目がないと知ると、無益な人命の喪失をさけて司令官以下降伏して、大半が生き残って捕虜になったのである。そして戦後は、それぞれ自国民にあたたかく迎えられたのである。

この点では、欧米人の方が合理主義的で、人間のできる事とできない事のあいだに、一本明確な線を引いているようである。最善をつくして戦った後、力つきて敵に降った者にたいしては、寛大であるばかりでなく、むしろ同情的でさえあるようにおもわれる。

これは終戦後、彼らが、わが方の捕虜虐待を、戦争犯罪として目のかたきのように追求したことをみても、よくわかるのである。

これにくらべると、大義の精神や戦陣訓によって、捕虜になるくらいなら死ねと戒めて、どんな場合でも玉砕するように、全将兵を指導してきたわが軍首脳部の大半の人たちは、はたして、わが国の無条件降伏で自縄自縛に陥らなかったであろうか。

日本人も、今後は上も下もこの意味で、もっと合理主義的にならないと、この世紀の残酷物語に訣別することは、なかなか困難なのではないかと思うのである。

一歩もひけをとらぬ伊集院部隊の勇戦

話を、また本筋にもどすことにする。

上級司令部からの、「待った」の指示におどろいてブイン（ブーゲンビル島）の第八艦隊では、ついに参謀長が飛行機でラバウルに飛んでいって、航空艦隊司令部に、「鶴屋部隊には、すでに撤退を命じてしまったから、どうか、それを承認してほしい」と懇願して、ようやく、聞き入れられたのであった。

この話でもわかるように、最前線にちかい司令部は、やはり情が移って極力、玉砕をさせまいとするが、後方へ距離が遠のくほど冷淡冷酷になって、しまいには、「前線の玉砕など、いちいち気にかけていては、戦いができない」というところまで、エスカレートしていったのである。

ところで、鶴屋部隊救出命令をうけた伊集院少将の指揮する駆逐艦九隻は、十月六日早朝、ラバウル（ニューブリテン島）を出港してベララベラ島北西岸の部隊収容予定地、マルカナ湾に急行した。夕刻には、駆潜艇四隻、艦載水雷艇四隻、大発四隻も、ブインを出港して同湾にむかった。

その日の午後、米軍の偵察機がブーゲンビル島の外側の洋上で伊集院隊を発見して、ガ島の米海軍司令部に報告したので、同司令部はおりからチョイセル島付近にいたウォーカー大佐の指揮する駆逐艦三隻に、ベララベラ島北西一〇海里（約一八キロ）の地点に進撃するように命じた。また、ニュージョージア南方で船団護衛中のラルソン大佐の指揮する駆逐艦三隻には、至急北上してウォーカー隊と合同するように命じた。

同夜十時五十分ころ、伊集院隊はベララベラ島北西の海上を南下中、東の方から近接するウォーカー隊を発見して、両隊はただちに戦闘を開始したが、伊集院隊の複雑な戦術運動中に、殿艦（しんがり）の「夕雲」が列外にはなれてしまった。

そのうちに「夕雲」は、敵と最短距離三キロまで接近したので、すぐ魚雷八本を発射すると同時に砲火をひらいたが、まもなく敵の魚雷が命中して、同艦は火炎につつまれて漂流したのち沈没した。

しかし、「夕雲」の発射した魚雷も、米軍の二番艦「シュバリエ」に命中して、同艦の火薬庫を爆発させ、艦橋から前部を、艦橋ごと吹きとばした。「シュバリエ」は急停止して、もうもうたる黒煙の中で不軌運動をおこなって右へ出たところへ、後続艦「オーバノン」がやってきて追突した。

無傷で残ったウォーカー大佐の乗艦「セルフリッジ」は、後続の二艦の混乱を放置してそのまま前進をつづけ、左前方を行く伊集院隊の別動隊の「時雨」と「五月雨」を追撃して遠距離からの砲撃をくわえたが、わが両艦は、これにたいして魚雷一六本を発射して、すかさず北西方に遠ざかった。

魚雷は、五分後に一本、「セルフリッジ」に命中したが、誘爆発はおこらないで、同艦を航行不能にさせた。それから三〇分後に、ラルソン隊の三隻の駆逐艦が戦場に到着したが、伊集院隊はその一五分前に引きあげていた。

ラルソン隊は、総がかりでウォーカー隊の救助にあたり、翌朝明るくなってからも現場にのこって、沈没に瀕した「シュバリエ」の三〇一名の乗員中二五〇名を収容し、復旧の見こみのない残骸になった艦を魚雷で処分した。

ところで、米軍の魚雷艇群が、わが駆逐隊が見捨てていった沈没艦「夕雲」の生存者一〇〇名を救助したのは、なんとも皮肉な話であった。しかし、そうはいっても、わが水上艦艇は、制空権のない海面には昼間はまったくとどまれないのだから、これも致し方のないことだったというべきかもしれない。

さて、鶴屋部隊救出のほうは、幸運であった。ラルソンの駆逐隊が、損傷艦の救助に専念したため、そのすきにわが方の舟艇隊が午前一時ころ、月が没してからこっそりマルカナ湾に侵入して、玉砕寸前の鶴屋部隊の全員五八九名をそっくり救出して、午前三時に同湾を出航して無事にブインにつれ帰ったのである。

この海戦は「ベララベラ海戦」といわれるが、これは伊集院隊のあざやかな勝利であった。

しかし、おなじく沈没艦でも、「夕雲」の戦死者が一五〇名以上あったのにたいして、「シュバリエ」では五〇名にとどまり、あいかわらず、わが方の犠牲者が三倍にもなったのは、残念なことであった。

また、ブインからわずか一〇〇キロの海面に、損傷艦二隻をふくむ米軍駆逐艦五隻が、白昼ゆうゆうと救助作業をしているのを指をくわえてみていたわが航空部隊の無力さは、すでにこの方面の戦いの主導権を失ったことの、歴然たる兆候というべきものであった。

あっぱれな米軍魚雷艇長の武士道

それから三日後に、ブインの海岸の桟橋に、薄い灰色の見慣れない内火艇が到着した。付近にいた者たちは、何ごとかと、桟橋に集まったが、どうやらアメリカ海軍の物らしいその内火艇から、重油でまっ黒になった坊主頭の男たちが五、六人、ふらふらと立ち上がって桟橋にはい上がると、両手を幽霊のようにだらりと下げて、よろめきながら歩いてきた。みなでとりかこんで尋ねてみると、彼らは、四、五日前に沈没した「夕雲」の生存者で、坂田機関中尉と兵員たちであることがわかった。さっそく彼らは、トラックでブインの海軍病院につれてゆかれ手当てをうけたが、翌日、坂田中尉は、見舞いにきた参謀に、つぎのような興味ぶかい話を語った。

その夜の海戦で「夕雲」が沈んだ後、彼らは暗闇の海上を漂っていたが、夜が明けると近くに一隻のボートが浮いていたので、付近にいた者はそのボートに集まった。

ボートに乗ってみると、それはアメリカ海軍の内火艇で、前夜損傷した駆逐艦から、偶然に漂流してきたもので、燃料タンクが満タンになっていた。

坂田中尉はすぐエンジンをかけて、遠くにながく横たわるチョイセル島に沿うように、北西の方角に見当をつけて走り出した。

午後になって、戦闘機が一機やってくると、高度を下げて、艇の周囲をぐるりと一回りして飛び去ったが、それは、あきらかに星のマークをつけたやつだった。

そして、三〇分ほどたつと、南の水平線に轟々たる響きがして、魚雷艇が一隻あらわれると、まっしぐらに追ってきた。

魚雷艇は四〇ノット（時速約七四キロ）も出しているのであろう、とんがった艇首をかたくつきあげて船体をおおいかくす大波を、激しい勢いで両舷側に噴射するように盛りあげながら突進してくる。それは、さながら、翼をひろげて襲いかかる巨大な怪鳥をおもわせるものであった。そして、たちまち追いつかれた。

魚雷艇は横にくると、速度を落として平行に走りながら、艇長らしい将校が、片手を高く上下にふって、内火艇に「停止」を命じた。

そのとき、坂田中尉は、魚雷艇の前、中、後部のすべての機関銃が、自分たちの内火艇にピタリと照準をつけているのを見た。

両艇が止まって、たがいに声のとどくところにならぶと、アメリカの艇長は、メガフォンで「Hey, get on board here」とどなって、右手の親指を立てて突きだすと、手前に二、三度ひいてみせた。「こっちに乗れ」といっているのだ。

坂田中尉は、「だれが捕虜になるもんか」と思ったので、大声で「No!」と叫ぶと、立ち上がって、両手をいっぱい横に伸ばして水平にひろげた。そして、敵の艇長にむかって、首を横に数回ふると、右手の人指し指で自分の胸をさして、「射て」というように、二、三度つついた。みなも、それにならった。

艇長も、たんさんの魚雷艇員たちも、一瞬、シーンとなった。

やがて、艇長は大きく二、三度うなずくと、艇員たちになにかさしずしていたが、魚雷艇を内火艇に静かに横づけさせた。

若いアメリカの海軍中尉の艇長は、まずこちらの人数を数えた。そして部下に命じて、その人数だけの、「Field Ration」と書かれた、細長い円筒形の缶詰と飲料水を内火艇のシートの上におかせた。

そして坂田にむかって、「さあ、行きたまえ」というように手をふり、魚雷艇はそのまま、あとをも見ずに来たときと同じ早さで南の方へ去っていった。

坂田中尉らは、こうして無事にブインに帰りついたのだが、彼もりっぱであったが、その勇気を認めたアメリカの魚雷艇長は、さらにあっぱれなものであった。

この話を聞いて、私は、「武士道」という古来の倫理を考えずにはいられなかった。そして、連日殺しあいのつづくソロモン海で、はじめて聞くこのすがすがしい話を、じっと心の中で噛みしめていた。

ところで、わが軍のコロンバンガラ島とベラベラ島からの撤退の後、米軍は、早くもその島々の飛行場を整備してしまった。十月二十一日、ガ島の米航空部隊の戦闘司令部が、ニュージョージアのムンダに移動したときには、ベララベラ島のバラコマ飛行場には「コルセア」戦闘機三個中隊五四機と、パイロット一〇八名が進出するという神速ぶりであった。

バラコマは、ブインから、わずかに一五〇キロのところである。

そして米軍機は、連日大挙して来襲し、ブインの二〇機たらずの零戦の追い出しにとりかかった。ブイン海岸の第一輸送隊の幕舎の上空で、零戦一に米軍機二の割合で空戦がはじまり、われわれは、椰子林の間から固唾をのんで、卍ともえの空戦を見守った。

追いつめられた一機が、とつぜん機首を上にむけて垂直に立つと、そのままヒラッヒラッと、翼をひるがえして回った。

「あっ、失速だ」と、だれかが叫ぶ。

双眼鏡で見ると、すぐ赤い日の丸がわかった。そして、脱出したパイロットのパラシュートが大きく開いた。

飛行機が墜落するたびに、みなは「ワア、ワア」と歓声をあげていたが、その中にいた浅見少尉が「オイ、落ちるのは、敵の飛行機ばかりではないぞ。いま落ちたのは零戦だ。搭乗員がパラシュートで降りたから、大発で救助に行け」と叫んだので、兵員たちは、あわてて口をつぐんだ。

三キロくらい沖の海上に降下したパラシュートの搭乗員は、すぐ大発がいって収容した。

しかし、その日で、残った零戦は九機になってしまった。もうこれは、戦える戦術単位ではない。無益な消耗をさけるため、この戦闘機隊はラバウルに復帰を命ぜられ、翌日の早朝、ブインを飛び上がると、九機で寂しい編隊をつくって、別れを告げるかのようにブイン上空を一回りしたのち、北方に飛び去っていった。

ついに、ブーゲンビル島から、わが航空兵力は消え去ってしまった。まことにあっけない、航空撃滅戦の幕切れであった。

ソロモン攻防戦で露呈した五つの素因

十一月一日、米海兵第三師団、一万四〇〇〇名が、ブーゲンビル島の中央部の南岸タロキナ岬に上陸した。

いっぽう、わが大本営は、南東支隊がニュージョージア島からの撤退の前後の、九月末の陸海軍作戦会議で、絶対国防圏なるものを策定した。北は千島列島から太平洋の小笠原、マリアナ（サイパン）、中西部カロリン（トラック）の諸島、西部ニューギニア、およびスンダ列島（ジャワ、スマトラ）をへてビルマにいたる要域を、絶対に確保すべき要線として早急に防備態勢を強化する、というものである。

すでに何度も述べたように、わが国は長年にわたる満州事変、支那事変で貴重な人命と物資を大量に使いはたしているのに、そのうえ物量では世界一を誇るアメリカを相手にして、ソロモン、ニューギニアで、さんざん無理をかさねて無益な消耗をしたのである。そして、ついには行きづまって、今ごろになって目がさめたのでは、いかなる知恵者が出てきても、もはや起死回生のための打つ手はなかったであろう。

作戦指導部は、「最前線の諸島の兵力配備と補給物資の貯蔵は、敵がくる前に早目にやれ。

戦力上からみて、現在配備されている一個連隊は、敵が来襲してから増援される一個師団に匹敵する」などと、いまになって声を大にしていうが、これまでのことが、すべて泥縄式であったことを、いまさら認めてもどうにもなるものではない。それは、土台の悪い建物に、どんなに支柱を入れて補強しても、もはや崩壊を救うすべがないのと同様の、後手にまわった拙劣な作戦だったのである。

十一月二十一日、ギルバート諸島のタラワ島の海軍陸戦隊を基幹とする五〇〇〇名の兵力が、アメリカ海兵一個師団の来襲をうけて玉砕した。

また翌昭和十九年二月初頭には、マーシャル諸島のクェゼリン島の海軍根拠地隊員九〇〇〇名がアメリカの二個師団の来攻をうけて、これも玉砕した。

こうして、はやくも、絶対国防圏の外郭が絶対なものではなく、一つ一つけずりとられていった。そのうえ、米軍側は、わが全員玉砕にたいして、わずか一割の犠牲という軽微な損害であった。

おそらくわが連合艦隊は、航空部隊の整備増強と実力の練成を中軸にして、連合軍の反攻をこの絶対国防圏の外縁で破摧して、やがては当初のソロモン、ニューギニアの線まで敵を押しかえし、そこで戦線を固定して長期不敗の態勢を固めようと思っていたのかもしれない。しかし、いくらここでどんなに力んでみても、過去一年二ヵ月にもおよんだソロモンの防壁の攻防戦で敗れた、ひとつひとつの素因を考えれば、結果は火をみるより明らかではなかろうか。その素因は、つぎのようなものである。

一、防御力の劣悪な攻撃機

一、搭乗員の力量をこえる無理な遠距離攻撃を強制し、無謀な航空作戦をいつまでも固執した頑迷な頭脳
一、対空火力の貧弱な駆逐艦
一、あいもかわらず、潜水艦の特性を理解できないで、その自由自在な活動を封じて、警戒厳重な敵に当たらせては底知れぬ消耗をつづける潜水艦作戦指導部
一、レーダーの研究不足

多くの体質上の欠陥が、十年一日のように、軍上層部の頭にこびりついて離れなかった。それは、「精神力偏重、機械力軽視」の思想（別名、「竹槍精神」）に象徴されて、ほとんど改善ひとつされなかったのである。そして、すでに第一線の最優秀なパイロットの大半を失ってしまってから、速成教育をうけたばかりの未熟な者を、今までとおなじやり方で戦線につぎこんでみても、かえって敵に従来に倍加する大量の戦果をあたえて、その勢いをつのらせる結果になる。やがてそれは、わが国の最後の大崩壊を招くであろうことは、心ある者がひそかに憂えたところであった。

無惨な敗戦につながる人間軽視の思想

こうして、六月中旬、米軍は戦艦、空母、巡洋艦、その他六百数十隻の艦船、飛行機二〇〇〇機、人員三〇万をもってマリアナ諸島攻略に押しよせ、十五日には五個師団の大軍が、サイパンにぞくぞくと上陸を開始したのである。

ニミッツの太平洋戦史の中で、「このとき日本の首脳部は、このマリアナの米艦隊にたい

して、日本連合艦隊がまさに『新版日本海海戦』を実現させてくれることを、夢見たであろう」と述べているが、それはまさに、その時のわが国の、国をあげての願望を如実にあらわしたような言葉であった

はたして、六月十五日午前八時、わが連合艦隊司令長官は、全艦隊にたいして、「皇国ノ興廃コノ一戦ニアリ各員一層奮励努力セヨ」の電令を発した。

満を持して、この一戦に必勝を期したわが第一機動艦隊の空母四隻から発進した艦上機隊は、六月十九日朝、マリアナ諸島西方海面で、米機動部隊にたいして先制攻撃をおこなった。

その朝七時三十分ころから四波にわかれて進撃したわが戦爆連合三二〇機の攻撃隊を、一五〇海里（約二七八キロ）の距離でレーダーで捕捉した米機動部隊は、四五〇機のグラマン「ヘルキャット」戦闘機を空母群から発進させて、性能のたかい電波指令器によって、わが攻撃機隊の進路上に誘導して高々度で待機させた。

ちょうどそのころ、わが攻撃隊は米機動部隊の七〇海里（約一三〇キロ）手前にきたので、突撃準備のため、乱れた編隊をまとめて組みなおしをした。そこへ「ヘルキャット」群が突如、上空から襲いかかってきたので、わが方は不意を打たれて大損害をこうむった。

また、これを振りきってようやく外周の護衛部隊の上空にたっしたものも、米軍の高性能の対空砲火で多数が撃墜されてしまった。わずかに戦艦「サウスダコタ」に爆弾一発を命中させただけで、ついに、一機も米空母を攻撃することができなかった。

結局、この攻撃は、みるべき戦果がないばかりか、わが方は二二〇機の飛行機とパイロットを失うという、まったく唖然とするような不首尾におわったのである。

そのうえ、わが新鋭空母「大鳳」をふくむ三隻が米潜水艦と機動部隊の攻撃をうけて沈没し、第一機動艦隊の四三〇機の保有機は、いっきょに一〇〇機に減少してしまい、ここに機動艦隊としての能力を喪失した。

この大敗北の原因はいろいろあるだろうが、とくにあきらかなのは、アメリカの飛行機も二の足をふむような、三〇〇ないし三五〇海里（五五六〜六四八キロ）の大遠距離から未熟なパイロットを発艦させて攻撃に向かわせたことにあるようである。

これは、アウト・レンジ（Out Range）戦法と称して空母は敵機の攻撃圏外にいてわが身の安全をはかり、飛行機だけが、ギリギリ一杯、遠くまで足をのばして敵空母を攻撃する、というものである。しかしこれは、どちらかといえば、パイロットを、爆弾や魚雷と同様に消耗品視する、これまでの作戦指導部の「勝つためには、何をやっても許される」という、ひとりよがりの考えが、さらに一歩前進したようなものであった。

アメリカは、こんな遠距離では、攻撃にいった飛行機が、航空航法のうえからみて、無事に帰艦できる可能性が少ないのでやらなかっただけだが、わが方は、近くにグアム島などがあるから、まさかの時は、そこに着陸できると思ったのであろう。だがグアム島の上空には、すでに米軍戦闘機三〇機が先まわりしていて、帰ってきたわが飛行機五〇機は、交戦して三〇機を失い、残りは、爆弾の孔だらけの滑走路に着陸して大破してしまった。

こっちの打とうとする手のうちが、あちらにすっかり見抜かれていて、つぎつぎと先手をとられてゆく。ちょうど、下手と上手の碁の勝負のようで、まったくお話にならない負け方であった。

連合艦隊は、日本海海戦とおなじZ旗を掲げて、未熟で訓練不足のパイロットを、敵を発見するだけでもむずかしい、まったく息切れのするような遠距離に出撃させて、それで、なんらかの戦果を期待したのであろうか。

しかも、「敵機は来ない」と安心して油断していた空母は、敵の潜水艦の魚雷で二隻までが沈んでいるではないか。

もうこんな状態では、戦争をつづけること自体が、ナンセンスであった。

ブーゲンビル島の陸軍の将官の中には、「だめだ。こんな戦いをこれ以上つづけると、日本の国が台無しになる」と慨嘆する者もいた。

Z旗をあげて敗れたマリアナ海戦は、わが海軍の千載一遇のチャンスをむなしく逸した戦いだから、惜しみても余りあるものであるが、結局、負けたのは、作戦計画と用兵の方法が理にかなわなかったことが原因であるのはまちがいはあるまい。

艦隊司令部は、「奇襲を良し」とする飛行機や潜水艦の使い方に功をあせり過ぎて、「たとえ、搭乗員や乗組員の、生身の人間の耐えうる限界をこえるような、過重な任務をあたえたとしても、彼らが使命感に徹して、犠牲的精神を発揮して事にあたれば、かならず目的を達成できる」と過信し、また、彼らにも、そう思いこませていたのである。

これは、世界中のどこの国の軍隊にも通用する指導理念として、一応は首肯できることである。しかしわが国の場合は、大義の名の下に、これが異常に加速され、ついに、止まることを知らなかったのである。

しかし、このような極端な人間軽視の思想は、結果的に、作戦の準備、計画を粗雑にし、足りないところは、安易に将兵の犠牲的精神に依存しがちになって、作戦の妙味などは、まったくなかった。

したがって、もう一つ要約すれば、この人間軽視の思想こそが、今度の敗戦の、大きな原因といえるのではないか。こうして、マリアナ海戦のあと、凄絶きわまりない玉砕作戦が、太平洋の島々で、どこで終わるとも知れず、長々とつづいたのである。

昭和十九年

七月八日　サイパン島玉砕　戦死　日本三万名　アメリカ四五〇〇名

八月一日　テニアン島玉砕　戦死　日本一万名　アメリカ四〇〇名

八月十日　グアム島玉砕　戦死　日本一万七〇〇〇名　アメリカ二〇〇〇名

十一月二十五日　パラオ島玉砕　戦死　日本一万名　アメリカ一五〇〇名

昭和二十年

三月十七日　硫黄島玉砕　戦死　日本二万八五〇〇名　アメリカ五五〇〇名

六月二十一日　沖縄島玉砕　戦死　日本一一万名　アメリカ七五〇〇名

これらの玉砕は、例外なく、離島で見捨てられたわが守備軍が、圧倒的な敵上陸軍の前に刀折れ矢尽きて、最後に〝バンザイ突撃〟をするという経過をたどっていた。

当時は国民も、わが作戦指導部を全面的に信頼していたから、この玉砕も、成りゆき上、仕方がないとあきらめていたが、もしこれをそのまま延長していくと、ついには本土決戦で、一億人がサイパン、沖縄のようになることは必至であった。

これが三〇年前の、われわれの大和魂であった。

そして戦後三〇年、歴史は繰りかえすといわれるが、科学はたえず進歩しているから、繰りかえされるとすれば、それは、人間社会の精神構造の面においてであろう。

戦後、民主主義がわが国にゆきわたったのは、戦争のおかげであるが、近ごろ、上は自由主義の名のもとに勝手気ままなことをやり、下も民主主義をかかげて、これに負けずにやりかえしている。その様相はちがうが、形のうえでは孟子の滕文公（とうぶんこう）篇に説かれた「諸侯放恣。処士横議」の類型のようである。

一治一乱の歴史の流れの中で、われわれは、このように知らないあいだに繰りかえされているものを見つめて、今こそ、日本人社会の精神構造を、しっかり見きわめる必要があるのではないか。

私は、終戦をブーゲンビル島で迎え、昭和二十一年二月に内地に復員した。

参考文献＊防衛庁戦史室　戦史叢書「⑽ハワイ作戦」「⑿マリアナ沖海戦」「㉙北東方面海軍作戦」「㊵南太平洋陸軍作戦〈3〉ムンダ・サラモア」「㊸ミッドウェー海戦」「㊾南東方面海軍作戦〈1〉（ガ島奪回作戦開始まで）」＊モリソン「米海軍作戦史　第六巻・ビスマク防壁の突破」＊ニミッツ「太平洋海戦史」＊今井秋次郎「ソロモン島作戦回想録」

単行本　昭和五十年三月　白金書房刊

NF文庫

ソロモン海「セ」号作戦　新装版

二〇一八年四月二十四日　第一刷発行

著　者　種子島洋二

発行者　皆川豪志

発行所　株式会社　潮書房光人新社

〒100-8077　東京都千代田区大手町一-七-二

電話／〇三-六二八一-九八九一(代)

印刷・製本　凸版印刷株式会社

定価はカバーに表示してあります
乱丁・落丁のものはお取りかえ
致します。本文は中性紙を使用

ISBN978-4-7698-3065-8　C0195

http://www.kojinsha.co.jp

NF文庫

刊行のことば

第二次世界大戦の戦火が熄んで五〇年――その間、小社は夥しい数の戦争の記録を渉猟し、発掘し、常に公正なる立場を貫いて書誌とし、大方の絶讃を博して今日に及ぶが、その源は、散華された世代への熱き思い入れであり、同時に、その記録を誌して平和の礎とし、後世に伝えんとするにある。

小社の出版物は、戦記、伝記、文学、エッセイ、写真集、その他、すでに一、〇〇〇点を越え、加えて戦後五〇年になんなんとするを契機として、「光人社NF（ノンフィクション）文庫」を創刊して、読者諸賢の熱烈要望におこたえする次第である。人生のバイブルとして、心弱きときの活性の糧として、散華の世代からの感動の肉声に、あなたもぜひ、耳を傾けて下さい。